Emil Kałużniacki

Kleinere altpolnische Texte

Aus Handschriften des XV. und des Anfangs des XVI. Jahrhunderts

Emil Kałużniacki

Kleinere altpolnische Texte
Aus Handschriften des XV. und des Anfangs des XVI. Jahrhunderts

ISBN/EAN: 9783743484108

Hergestellt in Europa, USA, Kanada, Australien, Japan

Cover: Foto ©Andreas Hilbeck / pixelio.de

Manufactured and distributed by brebook publishing software
(www.brebook.com)

Emil Kałużniacki

Kleinere altpolnische Texte

KLEINERE

ALTPOLNISCHE TEXTE

AUS

HANDSCHRIFTEN DES XV. UND DES ANFANGS DES XVI. JAHRHUNDERTS.

VON

PROF. EMIL KAŁUŽNIACKI.

WIEN, 1882.

IN COMMISSION BEI CARL GEROLD'S SOHN

BUCHHÄNDLER DER KAIS. AKADEMIE DER WISSENSCHAFTEN.

Aus dem Jahrgange 1882 der Sitzungsberichte der phil.-hist. Classe der kais. Akademie der Wissenschaften (CI. Bd., I. Hft., S. 267) besonders acgedruckt.

Druck von Adolf Holzhausen in Wien,
k. k. Hof- und Universitäts-Buchdrucker

Wie sehr auch die Kunde der altpolnischen Sprachdenkmäler in neuerer Zeit zugenommen hat, so ist sie dennoch keineswegs schon so weit gediehen, dass man sagen könnte, dass eine weitere Veröffentlichung derselben überflüssig wäre. Im Gegentheil, es finden sich in diversen lateinischen Handschriften aus dem XV. und dem Anfang des XVI. Jahrhundertes noch immer recht bemerkenswerthe polnische Einschaltungen, die, wenn nicht in literarischer, so doch in grammatischer oder wenigstens in lexicalischer Beziehung des Interessanten noch so viel bieten, dass sie verdienen, näher bekannt zu werden. Zu dieser letzteren, für die nächsten Fachgenossen wohl nicht ganz werthlosen Kategorie von polnischen Einschaltungen gehören nun auch die hier vorliegenden Texte. Sie stammen aus Handschriften verschiedener Abkunft und zerfallen ihrem Inhalte gemäss in drei Gruppen:

Zur ersten Gruppe gehören die Sprachreste, die in der Handschrift, aus der sie entlehnt sind, den gemeinschaftlichen Titel: *Jura, quae solus deus dedit populo Israhelico per Moysen* führen;

zur zweiten die *Praeambula sermonum* – wörtlich Eingangsformeln zu den Predigten; [1]

---

[1] Mit Bezug auf die *Praeambula sermonum* muss ich jedoch ganz ausdrücklich bemerken, dass sie für Diejenigen, die mit dem Dodatki do piśm. pols. von Maciejowski S. 119—120 näher vertraut sind, in literarischer Beziehung nichts Neues bieten und hier nur darum noch einmal folgen, weil sie einige Varianten enthalten, die für den Specialisten möglicher Weise nicht ohne Belang sind.

1 ´

zur dritten die Gebete an die Leiden Christi, die ich kurz
mit dem Namen der *Orationes passionales* bezeichne.

Die *Jura* sind in der Handschrift des Ossolinski'schen Institutes sub Nr. 50; die *Praeambula sermonum* in der Handschrift desselben Institutes sub Nr. 2263; die *Orationes passionales* theils in den Handschriften des griech.-kath. Dom-
capitels zu Przemyśl sub signo LXV, A, 16 und LXV, B, 2,
theils in der Handschrift des Ossolinskischen Institutes sub
Nr. 2263 enthalten.

Sämmtliche Texte sind, wie sich das von selbst versteht,
mit der grössten Genauigkeit wiedergegeben.

Um jedoch der Aufgabe, die mir oblag, auch in anderer
Beziehung möglichst gerecht zu werden, habe ich dem Ab-
schnitt, der den Wortlaut der in Rede stehenden polnischen
Texte enthält, noch zwei weitere Abschnitte hinzugefügt, von
denen der eine die Beschreibung der einschlägigen Handschriften, der andere einige grammatische und lexicalische Er-
läuterungen bietet.

I.

Beschreibung der einschlägigen Handschriften.

1. Beschreibung der Handschrift Nr. 50.

Die Handschrift des Ossolinskischen Institutes sub Nr. 50
ist bereits von M. Wiszniewski, Hist. lit. pols. V, S. 165—168
und dann noch einmal von W. Kętrzyński, Catalogus codd. Ms.
bibliothecae Ossol. Leopol. I, S. 37—38, äusserlich wie inner-
lich in einer so eingehenden Weise beschrieben, dass ich nach
dieser Richtung hin nichts weiter hinzuzufügen habe. Nur mit
Bezug auf das Alter des Codex muss ich bemerken, dass die
Momente, auf welche Wiszniewski seine diesbezügliche Ansicht
stützt, nicht zutreffen, indem die Schriftzeichen, die sich auf
den Klammern befinden, unmöglich wie CCCCL = [1]450,
sondern vielmehr wie ANN oder wie AMI gelesen werden
müssen. Wenn ich aber ungeachtet dessen zugebe, dass unser
Codex in der That in der zweiten Hälfte des XV. Jahrhundertes (mehr gegen die Mitte) geschrieben wurde, so beruht
diese Ueberzeugung vornehmlich auf dem Umstande, dass

Charakter der Schrift und in gewissem Sinne auch Sprache und Orthographie der daselbst enthaltenen polnischen Bestandtheile in einer so durchaus übereinstimmenden Weise auf die soeben bezeichnete Periode hinweisen, dass eine andere, von der hier vorgetragenen verschiedene Ansicht gar nicht denkbar ist. — Auch muss ferner bemerkt werden, dass die Jura, auf die es hier im Besonderen ankommt, und in Betreff derer weder Wiszniewski, noch Kętrzyński irgend welche Anhaltspunkte liefern, nicht mehr und nicht weniger als eine auszugsweise Wiederholung der Vorschriften sind, welche Moses im Exodus, cap. XXI—XXIII bietet, mit Hinzunahme von Auszügen, die aus dem Leviticus cap. XXVI entlehnt sind und an die ein kleiner, offenbar vom Verfasser der Uebersetzung concipirter Epilog herantritt. Aus einer Vergleichung mit dem Saroszpataker Codex ergibt sich zugleich, dass die in den Jura enthaltene Uebersetzung von der im Saroszpataker Codex enthaltenen wesentlich verschieden ist und auf eine Vorlage hinweist, die mit der, dem Saroszpataker Codex zu Grunde liegenden, gar nichts Gemeinsames hat. Da jedoch andererseits nicht der geringste Anhaltspunkt vorliegt, der uns berechtigen würde, anzunehmen, dass, mit selbstverständlicher Ausnahme des Psalters, ausser der Bibelübersetzung, die wir im Saroszpataker Codex besitzen, auch noch eine andere, von dieser verschiedene und womöglich ältere polnische Bibelübersetzung bestanden hätte,[1] so bleibt uns angesichts dieses Umstandes nur die Vermuthung übrig, dass die in den Jura enthaltenen Bibelbestandtheile ad hoc übersetzt wurden und aller Wahrscheinlichkeit nach den Zweck hatten, als Surrogat einer Predigt zu dienen. In dieser letzteren Ansicht werden wir namentlich durch die Thatsache bestärkt, dass zu den gesetzlichen Vorschriften oder den Jura im eigentlichen Sinne, wie sie uns im Exodus, cap. XXI—XXIII vorliegen, von dem Verfasser des Artikels auch noch einige Auszüge aus dem Leviticus sammt dem erwähnten Epiloge hinzugefügt wurden, welcher Epilog zu deutsch folgendermassen lautet: ‚Der zweite Theil der von Gott den Israeliten angedrohten

---

[1] Eine diesbezügliche Meldung Janocki's (vgl. Arch. f. slav. Phil. II, S. 410) ist wenigstens durch die bis jetzt bewerkstelligten Funde nicht bestätigt worden.

und selbstverständlich auch auf die Christen Anwendung
habenden) Strafen ist bereits in Erfüllung gegangen: vor dem
Reste möge uns Gott bewahren. Bessern wir uns, und Gott
wird noch Mitleid mit uns haben. Gott will nicht den Tod
des Sünders, allein er hat den Gerechten lieber und wünscht,
dass der Sünder sich bekehre und mit dem Leben davon-
kommend, Reue übe, sodann aber zur ewigen Ruhe einkehre,
die uns Gott Allen geben möge, Amen.' — Schliesslich soll
noch bemerkt werden, dass der Verfasser, beziehungsweise der
Abschreiber der *Jura* ein sehr eifriger Katholik gewesen sein
muss, sofern er zu den Worten des Exodus (XXII, 20): ‚er
soll sterben' — die gar nicht zur Sache gehörige Glosse:
‚das heisst, er soll verbrannt werden, wie die übrigen
Ketzer' — hinzufügte.

2. Beschreibung der Handschrift LXV, A, 16.

Sie ist auf Papier in 4⁰ m. f. geschrieben und enthält
Betrachtungen über den Tod und die Leiden Christi, an die
sich gegen Ende des Buches das Vaterunser, das Credo und
das Decalogium, sowie die sogenannten Casus papales und
Casus episcopales anschliessen. Die Zahl der erhaltenen Blätter
beläuft sich auf 86; doch sind einige (so das 4., das 77—82.
und das 83a) leer. Die Schrift ist eine ziemlich sorglose und
verräth deutlich vier verschiedene Hände. Von S. 5a—64b
geht die älteste, noch der zweiten Hälfte des XV. Jahrhundertes angehörige Hand; von S. 1—3b und von 65a—71b die
zweite, von der ersten nur wenig jüngere Hand: von S. 72a—76b
die dritte, noch der ersten Hälfte des XVI. und von S. 83b—86b
die vierte, der zweiten Hälfte des XVI. Jahrhundertes angehörige
Hand. Die Sprache ist durchwegs lateinisch; allein es finden
sich auch einige polnische Stellen, die sich unter die einzelnen
Schreiber folgendermassen vertheilen: von der ersten Hand
stammen die beiden polnischen Passionsgebete, von denen das
eine auf S. 9a, das andere auf der Innenseite des vorderen
Deckels sich befindet, sowie zahlreiche polnische Glossen, die
sich von S. 5a—64b erstrecken; von zweiter Hand weitere
polnische Glossen, die nicht nur in dem von ihr selber, sondern
auch in dem von erster Hand herrührenden Theile vorkommen:

von dritter Hand in polnischer Sprache (auf S. 76 b) bloss die Phrase: *Chphalczye pana Boga, bocz dobry, bowyem az na wyeky mylofzyerdzye yego;* von vierter Hand endlich die polnische Interlinearübersetzung des Vaterunser, des Credo und des Decalogiums.

Mit Bezug auf die polnischen Glossen soll überdies bemerkt werden, dass sie, wiewohl überwiegend Bekanntes enthaltend, für die Feststellung der älteren Phraseologie der Polen nicht ganz ohne Werth sind. Ich hebe speciell folgende hervor:

a) Von erster Hand.

dokazmyfs tego: impleamus, 5 a.

poyqcz: capere, ibid.

fz zawyfczy: ex invidia, 8 a.

nyefzwycyczyqznemy: ⎫
nyentolnemy: ⎭ irremediabilibus (scl. lacrimis), 8 b.

przodek: principium, 9 b.

nye wfztydal fzyq: non verebatur, 10 a.

wzburzenye: ⎫
rofzthyrk: ⎭ tumulta, 10 b.

ofzqdzenye: decretum, ibid.

na oblyczv fzyq myeny: et in vultu mutatur, 11 a.

rofzkoffzy ftrogy: quod sibi delicias struit, 11 b.

pofczygnqcz: recuperare, ibid.

gefztly by fzyq ryfiglowal: si evaserit, 13 b.

napatrz ze fzya: conspice me, 14 b.

othpufczenye: licentia, 16 b.

lyubyezna: amabilis, 17 a.

odwyefcz: revocare, 17 b.

pofzwyqczyl: benedixit, 18 b.

pofzwyqczil: ordinavit eos sacerdotes, ibid.

wefztchnqwfzy fz zmqtkv wyelkyego: nam turbatus spiritu, dixit, 19 a.

fzczyqga: qui intingit, ibid.

zrmyal fzyq: obstupuit, ibid.

na myffq: in apsidem, ibid.

zatwardzaly w zlofczy: obstinatus, 19 b.

za rzeką czedronową: trans torrentem Cedron, 20 a.

rbygą: percuciam, ibid.

ſzmątlnny: ⎱ formidans, ibid.
boyazlyrcy: ⎰

thlrmoczek: sacculus, 20 b.

polozenye: processus, 21 b.

gorączoſczyą: calore, 22 a.

gdyſz ſzamo roſznyſlenye przypądzylo czyą kv thakyemv poczenyv krwawcemr: cum cogitatio sola coëgit te sic sudare, 22 b.

rzeſſzey: totius curiac, ibid.

na wyelmoznego zalezy wyelmozne rzeczy dzyelucz y czyerpyecz: excelsum enim decet magnifica agerc et ardua tolerare, 23 a.

pozegnawcſzy: valedicens, ibid.

oddacz, odczynycz nyeyako: ut tibi reddere et rependere uteunque possimus, ibid.

lvthryqcz y zalvyqcz: condolentes et compacientes, ibid.

dla lvthoſczy: pro compassione, ibid.

suknya Chriſthvſſzowa: tunica Christi, ibid.

suba [= śuba] krolya nyebyeſkego: juba regis celestis, ibid.

odzyenye kaplana nawcyſſzego: vestimentum summi sacerdotis, ibid.

szeknya brathu naſſzego: tunica fratris nostri, ibid.

rczerwcyenyona: rubricata, 23 b.

vkrwawcyona: sanguinolenta, ibid.

ſzchronyl ſzyą od nych: fugit, 24 a.

wſthapili ſzyą wſtecz: abierunt retrorsum, 24 b.

vczynkem zdradzaſz: et prodicionem facto ostendis, ibid.

naſſzyczyl: corpore et sanguine paravit, 25 a.

vyſzkakvye: se agebat (sic!), ibid.

wczyn albo wloſſz: converte (scl. gladium in vaginam), ibid.

z wlocznyamy: cum lanceis, 25 b.

z myeczmy: cum gladiis, ibid.

z kygymy: cum baculis, ibid.

kv rzecze, kv strvmyenyv: ad fluminem seu torrentem, 26 b.

potrączyli [y] porazyly: impegerunt et vehementer leserunt, ibid.

czelacz Pylatowa y zydowſka: ministri[Pilati et]Judeorum, 27 a.

fzryeker: socer (scl. Cayphe), ibid.

do kgranycz: ad fines, 27 b.

zwodzyczyela: seductoris, ibid.

brzydlywrofczy: in signum detestationis, 31 b.

fzulone zafzlyepyenye: insana cecitas, 32 a.

myerzyączka: } obprobrium, ibid.
przekora:

spylmnn: } garcio, ibid.
golotha:

polya garuczorfka: ager figuli, 35 a.

pyenyqdze glowne za krwcy wzyąte: pretium sanguinis, ibid.

fzgvbyenya: } damnationis, 35 b.
firaczenya:

zaloba: obiectum, 36 b.

pofzmyech vdzyelal fz nyego: et illusit cum, 38 a.

fztuką plothna: indutum veste alba, 38 b.

vezwal Pilath krązątha, czechmyfthrze [y] pofzpolfthwo: convocatisque principibus (sacerdotibus), et magistratibus, et plebe, 39 a.

oftrofczy: aculei, 42 b.

wymawyacz zaloby: obicere causas, 47 a.

kloda: cipus, 50 b.

yafkynya: spelunca, ibid.

fzkurczyly fzyq: retracti fuerunt, 51 a.

fthwcy odvyodly fzyq: quia nervi retracti fuerunt, ibid.

powcrozem czyągnąly: funere traxerant, ibid.

fzylną nawcalnofczyą: } cum impetu, 52 a.
fzylnem rzvthem:

gdy na nyebye albo na powcyetrzv gefth nyepogoda, zamyefzanye: quando superiora celestia aliquam patiuntur intemperiem, 54 b.

pochmvrne [scl. powcyetrze]: turbulentus aer, ibid.

zamyana: comercium, 58 a.

czeladnyk: famulus, ibid.

b) Von zweiter Hand.

gdy fzyą od zbythkowo czyelefthnych przez czyfthotą powczyągamy: cum carnis luxuriam per continentiam coartamus, 2 b.

pofzrodek: medium, 9 b.

dokonanye: terminum (acc. sing.), ibid.

zarvmyenyl fyq: rubens factus est, 11 a.

opofzdzyl fyq: tardat (sic!), 12 b.

przefzpyecznyey kv rofzmacyanyv: ut Iudei liberius haberent locum tractandi de eius morte, ibid.

baczqcz: notantes, ibid.

nye przypqdzony: non coactus, 13 a.

nyenawyfthny: exosus, 13 b.

ny w czem fzyq nyeczvyqcz: nullo conscius, 14 a.

bvnthowanye yakye: machinatio aliqua, ibid.

fzlyvp: ⎫
zmowa: ⎬ pactum, ibid.

domnymala fzyq: suspicabatur, 14 b.

zadawala: proposuit, ibid.

gymyenya: possesiones, 15 b.

pothkaczye: et occurit vobis, ibid.

przybytek: domus, cenaculum, habitaculum, 16 a, 17 b.

dofwolyenye: ⎫
othpufczenye: ⎬ licentia, 16 b.

pozegnal: benedixit omnibus, ibid.

fzyerothna: orphana, ibid.

w vbvczyv: calciati, 17 a.

pothem bqdqczym: posteribus, 18 a.

[p]ofztawyl kaplany: ordinat eos sacerdotes, 18 b.

kylych: ⎫
kvbek: ⎬ calix, ibid.
koflyk: ⎭

znamyenyem dal znacz: innuit, 19 a.

aby bylo fzlvfzne myefzcze k vyqczyv (= ujęću): ut daret opportunum locum capiendi se, 20 b.

pofolgowacz: parcere, ibid.

przyfla nany walka: venit pugna super eum, 21 b.

rofpalona: inflammata, ibid.

zmqczal: madefactus, 22 b.

[pojqwszy][1] zaftqpy lyvdv zbroynego: accepta cohorte armatorum, 23 b.

---

[1] Ich bemerke, dass Ergänzungen, die in viereckiger Parenthese stehen, wenn nicht ausdrücklich etwas Anderes gesagt ist, von mir herrühren.

ryſtąpyl: exiluit, 24 b.

vyſztrzelyla: quod sanguis sub unguibus vix non crupit, 26 a.

naſzadzyly: ordinaverunt, 27 a.

pokonacz: in aliquo convincere reum, ibid.

do dworu: in atrium, 27 b.

pokonanyv: ad ipsius damnationem i. e. convinctionem, 31 a.

mowny: loquax, ibid.

o przywlaſczenyv ſzobye boſtwa dowyada ſzyą: nunc de usurpatione deitatis examinat, ibid.

pokladaczye: afferte, 35 b.

vaſznoſczy: reputationis, ibid.

z lvczkyey electiey: ex hominum electione, 37 a.

ſrogyemy: verbis duris, 39 a.

kathowye: apparitores, 41 b.

nyeczyſthych: ab impudicis, ibid.

aby zakryl obnazenye: pro tegumento sui corporis, ibid.

nye zwacz ludv: nolli pervertere plebem, 42 a.

doznacz: experiri, 42 b.

nabywſzy: acquisita, 43 a.

poſromyenye: confusio, ibid.

przed palacz: foras, 43 b.

ganek brukowany przed domem, nyemayączy nad ſzobą przykryczia: licostratos, i. e. structura de lapidibus, hebraice golgotha.

na ſtolczv ſządownem: pro tribunali, 47 a.

lanczuch na ſzygy [mayącz]: catenatus, ibid.

roſtyrki: sediciones, ibid.

abyſczye prowadzyly: ad conducendum in montem, 47 b.

zloſczywego zwodzyciela ludv: pessimum deductorem populi, ibid.

placzliwem gloſſem: gemebunda voce, 48 b.

aby mv mogly zabyezecz: vt eum habere possent obvium, ibid.

oderwaly: eripuerunt, ibid.

krzyſz czyąſky: gravissimum pondus, 49 a.

za lvczky rodzay: pro humano genere, ibid.

podkaly: invenerunt quendam, ibid.

ganyebnye go wyodą: quasi turpiter ducitur, 49 b.

y zywothy, ktore nye rodzyly: et ventres, qui non genuerunt, ibid.

ſzeſpaczone: deturpata, 50 a.

2*

wyobrazenye: forma sui vultus, ibid.

[aby] nye wzburzyl: ne concitaret, ibid.

targaly:
popychaly: } subito eum impulerunt, ibid.
czyągnąly:

gnyewlywrye: furiose, ibid.

[wdzyenye] wpogylo fzyą w rany: vestibus conglutinatis vulneribus, ibid.

ftraczenycze: crucifigendi, 50 b.

przekrogyla: perforata esset, 51 a.

razy:
kolatanya: } ictus, ibid.

nyelagodlnye: indulciter, 58 a.

fzyegye: seminat, 66 b.

znye: metit, ibid.

mloczy: excutit, ibid.

myelye: molit, ibid.

zegye (= śeje): cribrat, ibid.

pyecze: igne decoquit, ibid.

Was dagegen die von vierter Hand herrührende polnische Interlinearübersetzung anlangt, so wäre in Betreff ihrer etwa nur der Umstand hervorzuheben, dass sie gegen den in Handschriften sonst als Regel geltenden Usus nicht der alten, sondern der in den Druckwerken der Brüder Scharffenberg üblichen neueren Orthographie den Vorzug gibt und so die Vermuthung nahe legt, dass sie aus einem entsprechenden gedruckten Buche geflossen ist. Als Beleg hiefür diene der polnische Text des Vaterunser:

Oycźe náfz, ktory ieſteś w ńiebiefiech,
Swięć fię imię twoie.
Prziydźi twe kroleſtwo.
Bądź twa wola,
Iako w niebie tak y na ziemi.
Day nam dźiśia chleb náfz powfzedni.
Odpuść nam náfze winy,
Jako y my odpufzczamy náfzym winowáycom.
A nie wwodź naf w pokufę.
Ale nas zbaw od złego, amen.

3. Beschreibung der Handschrift LXV, B, 2.

Auch dieser Codex ist auf Papier in 4° m. f. geschrieben und im Ganzen wohlerhalten. Er besteht gegenwärtig aus 140, zählte aber ursprünglich 142 Seiten. Auf S. 1 findet sich nachstehender Titel: Paffio domini noftri Iefv Crifti per figuraf et propheciaf ac textum euangelicvm cum devotorum contemplacionibvf ad feptem horaf canonicaf compendiofe pro fimplicibuf redacta. Das Papier ist ziemlich stark und mit Wasserzeichen versehen, die durchgehends ein schmuckloses lateinisches Kreuz darstellen. Die Anzahl der Zeilen variirt, da die Schrift bald grösser, bald kleiner ist, zwischen 18 bis 35, wobei jedoch bemerkt werden muss, dass die polnischen Stellen meistentheils die grössere Schrift bieten. Die Schrift selber ist eine ziemlich gefällige und zeugt von kalligraphischer Gewandtheit des Schreibers, enthält aber in ihrer äusseren Ausstattung nichts, was man besonders hervorheben müsste. Selbst die Initialen sind sehr einfach und anspruchslos und alle ohne Ausnahme mit Zinnober ausgeführt, von dem der Schreiber des Codex auch sonst in Aufschriften, Marginalnoten u. a. a. O. den ausgiebigsten Gebrauch machte.

Das Alter des Codex ist durch kein directes, auf Inschriften und Jahrzahl basirtes Zeugniss beglaubigt. Nichtsdestoweniger lässt sich, wenn man die Art der Schriftzüge und eventuell auch die übrigen in der Handschrift enthaltenen paläographischen Momente in Erwägung zieht, fast als sicher hinstellen, dass unsere Passio erst gegen Ende des XV. Jahrhundertes geschrieben wurde. Auch das polnische Gebet, das sich in originali auf S. 99 (in der vorliegenden Abhandlung sub II, 3, b, ξ) befindet und das offenbar von einer anderen Hand herrührt, gehört gleichfalls noch in den Ausgang des XV. Jahrhundertes. Und wenn die Art der Schriftzüge in diesem letzteren Sprachreste etwas alterthümlicher aussieht, so hat diese letztere Erscheinung wohl nur darin ihren Grund, dass der Schreiber dieser Stelle ein älterer Mann war, der die Kunst zu schreiben vielleicht noch in der ersten Hälfte des XV. Jahrhundertes gelernt hat.

Viel schwieriger als die Bestimmung des Alters des Codex ist die Feststellung der Geschichte desselben. Aus dem

kurzen Epiloge, der sich auf S. 137 befindet,[1] lässt sich mit
Bestimmtheit etwa nur die Thatsache entnehmen, dass der
ursprüngliche Verfasser der Passio ein ungenannt sein wollender
Franciscanermönch gewesen, sowie, dass der in Rede stehende
Epilog, wie dies aus dem dem ursprünglichen Verfasser bei-
gelegten Epitheton ‚venerandus‘ hervorgeht, nicht von ihm,
sondern von seinem unmittelbaren Abschreiber herrührt. Wer
dagegen der Verfasser der in unserem Codex enthaltenen
polnischen Bestandtheile gewesen, ist aus dem Epiloge absolut
nicht zu ersehen. Dass es der ursprüngliche Verfasser nicht
war, liegt allerdings nahe genug anzunehmen. Schon der blosse
Umstand, dass sämmtliche für den Kirchendienst bestimmte latei-
nische Compilationen in der Regel von auswärts kamen, spricht
dagegen. Allein auch der Verfasser des Epiloges wird es schwerlich gewesen sein. Der Verfasser des Epiloges ist als der un-
mittelbare Abschreiber der von jenem Franciscanermönch zu-
sammengestellten lateinischen Compilation zu diesem letzteren in
einem viel zu nahen Verhältniss gestanden, als dass man berechtigt wäre, anzunehmen, dass er ein polnischer Mönch gewesen. Uebrigens auch der scheinbar ganz belanglose, jedoch für
den Paläographen nicht unwichtige Umstand, dass das polnische
Schlussgebet, das ich sub II, 3, b, ɩ herausgebe, sich nicht vor,
sondern erst nach dem Epiloge befindet, spricht eher für, als
gegen diese Auffassung. Der Verfasser des Epiloges würde, falls
er zugleich Verfasser der polnischen Gebete gewesen wäre, ganz
gewiss die umgekehrte Ordnung befolgt haben.

Es bleibt uns also, wenn wir Alles in Allem erwägen,
nur noch die Annahme übrig, dass die hier vorliegenden
polnischen Gebete von einer dritten Person herrühren und in
dem von einem unbekannten Franciscanermönch compilirten
lateinischen Texte der Passio erst später, und zwar auf
diese Weise zum Vorschein kamen, dass irgend ein Pole
(Priester, Mönch, Laie), der sich im Besitze einer bereits mit
dem Epiloge versehenen lateinischen Abschrift der Passio
befand, sich in diesem seinen Handexemplar die in Rede

---

[1] Er lautet folgendermassen: Explicit paffio, fecundum feptem horas ca-
nonicas compilata per venerandum patrem fratrem N. de N., ordinif
minorum regularif obfervancie fancti Francisci.

stehenden polnischen Gebete theils in margine, theils auf
eigens zu diesem Zwecke eingelegten Blättern notirte und am
Schlusse (jedesfalls aber hinter dem Epiloge) auf dem übrig
gebliebenen freien Raume auch noch das sub II, 3, b, ι herausgegebene polnische Schlussgebet eintrug. Ein späterer Abschreiber, der dieses Handexemplar zu Gesichte bekam, oder
dem es absichtlich zu dem Zwecke anvertraut wurde, um eine
Copie daraus zu machen, hatte sodann die in margine, beziehungsweise auf eigens zu diesem Behufe eingelegten Blättern
eingetragenen polnischen Gebete in den Text aufgenommen,
das sub II, 3, b, ι herausgegebene polnische Schlussgebet hingegen, das er hinter dem Epiloge vorfand, auch in seiner Abschrift an derselben Stelle belassen. So ist der Codex entstanden,
aus dem in weiterer Folge auch die hier den Gegenstand der
Besprechung bildende Przemyśler Handschrift hervorging.[1]

Was speciell die polnischen Gebete anlangt, so soll noch
angemerkt werden, dass sie sich auf S. 7, 52—54, 65, 82, 95—98,
99, 102, 123, 138—139 befinden. Auf S. 81 befindet sich überdies in polnischer Sprache das Todesurtheil, das Pilatus über
Christum verhängte und das nachstehenden Wortlaut hat: *Thego
Yezvfza, fzyna Yozephu y Maryey z Nazareth, przykazvyemi y
podlvg pravca fzkazvyemi, aby gwozdzmi zelyaznymy na krzyzv
byl przybyth za thy vyfztap[k]i, za kthore yefth ofzkarzon, a fz
nych fzye nye vipravyl.*

Der Inhalt des Codex ist genau laut Titel.

4. Beschreibung der Handschrift Nr. 2263.

Die Handschrift sub Nr. 2263 besteht aus 10 losen, in
keinem Zusammenhange zu einander stehenden Blättern, die
A. Bielowski, dem sie seinerzeit gehört haben, in nach-

---

[1] Dass aber der Abstand, der zwischen der Abfassung dieser und der
Abfassung der ursprünglichen lateinisch-polnischen Vorlage liegt, kein
gerade sehr bedeutender sein kann, ist am besten aus dem Umstande
zu ersehen, dass die Przemyśler Handschrift laut Charakter der Schriftzüge nicht später als zu Ende, die polnischen Gebete hingegen laut
Sprache und Schreibweise nicht früher als im dritten Viertel des
XV. Jahrhundertes entstanden sein konnten.

stehender Ordnung heften liess: a) Pracambula sermonum;
b) ein Fragment aus Isaias (Cap. III, V. 16—25 incl.); c) ein
Gebet an die Leiden Christi; d) ein weiteres Gebet an die
Leiden Christi; e) einige Epigramme, in Versen; f) das Lied
vom heiligen Stanislaus; g) eine Instruction über die Art, wie
die Beichte sein soll; h) ein Magdeburger Urtheil, mit der
Ueberschrift: *Wezwye ly woyth wyna nyexpracneyo;* i) ein von
Mathias Eberhard de Tarnow im Jahre 1567 verfasstes Gebet,
das den Titel: Oratio pulchra führt; j) eine Abschwörungsformel für die vom protestantischen oder einem anderen Glauben
zur katholischen Kirche Uebertretenden. Die Pracambula sermonum, sowie die anderen, sub b—e genannten Artikel liegen
uns in originali, d. i. in Blättern vor, die aus Originalhand-
schriften stammen, die übrigen, sub f—j genannten Artikel
hingegen in Abschriften, die zum Theile Bielowski selbst, zum
Theile ein Ungenannter besorgte. Uns gehen hier selbstverständlich nur die Blätter der ersteren Art etwas näher an.
Da jedoch Bielowski uns gerade in Betreff der Blätter der
ersteren Art ganz ohne alle Nachricht gelassen hat, so können
wir weder über den Ort ihrer Auffindung, noch über ihre
einstige Zugehörigkeit irgend welche Auskunft geben und
müssen uns lediglich mit der Feststellung der Thatsache be-
gnügen, dass die Pracambula sermonum aus einer Foliohandschrift aus der zweiten Hälfte des XV. Jahrhundertes (jedoch
mehr gegen das Ende), das Isaiasfragment gleichfalls aus
einer Foliohandschrift des XV. Jahrhundertes (jedoch mehr
gegen die Mitte), die beiden Orationes aus Quarthandschriften
aus dem Anfang und der ersten Hälfte des XVI. Jahrhundertes, die Epigramme aus einer Quarthandschrift aus dem
Anfang des XVII. Jahrhundertes entlehnt sind. Aus der
äusseren Form dieser Blätter kann zugleich der Schluss ge-
zogen werden, dass sie in den Handschriften, aus denen sie
entlehnt sind, Schlussblätter waren. Sämmtliche in dieser
Sammlung enthaltene Texte zeichnen sich überdies noch durch
den Umstand aus, dass sie mit der alleinigen Ausnahme des
sub lit. b) erwähnten Isaiasfragmentes polnisch sind. Allein
auch das soeben bezogene Isaiasfragment enthält so zahlreiche
und nebstbei so bemerkenswerthe polnische Glossen, dass ich
nicht umhin kann, um den Zusammenhang und den Sinn dieser

Glossen um so einleuchtender zu machen, dieses Fragment hier ganz mitzutheilen. Es lautet wie folgt:

16. Haec dicit dominus: pro eo, quod elevate sunt filie Syon et ambulabant extento collo etc.,

17. decalvabit, i. e. *odgaly* (bei Wujek: obłyśi) dominus verticem filiarum Syon, et dominus crinem eorum denudabit, i. e. *obnazy* (bei Wujek gleichfalls: obnaży).

18. In die illa auferet dominus ornamentum calceamentorum, et lunulas, i. e. *krumpowane crzewiczky*, scilicet *strzebrnymy draczky* (bei Wujek: ozdobę trzewików, y knafliki),

19. et torques, et monilia, i. e. *zapony* (bei Wujek: noszenia), et armillas, i. e. *zaramnycze* (bei Wujek: manelle), et mitras, i. e. *czapicze* (bei Wujek: biéretki),

20. et perichileydes, i. e. *bramy* (bei Wujek: nagolenice), et murenulas, i. e. *frizky* (bei Wujek: łańcuszki), et olfactoria, i. e. *pyzmowe gynbleczka* (bei Wujek: iabluszka woniające), et inaures, i. e. ornamenta aurium,

21. et anulos, et gemmas in fronte pendentes, i. e. *naczolky* (bei Wujek: y drogie kamienie na czcle wiszące),

22. et mutatoria, i. e. *rozlicznofczy rucha* (bei Wujek: szaty odmienne), et paliola, i. e. *tanczmantliky* (bei Wujek: płaszczyki), et linteamina, et acus,

23. et specula, et syndones, i. e. *loktuffky* (bei Wujek: rąbeczki), et vittas, i. e. *podwigeczky* (bei Wujek: bramki), et theristra, i. e. *gedwabnyczky* (bei Wujek: letniki).

24. Et erit pro suaui odore fetor, et pro zona aurea funiculus, et pro crispanti crine calvitium, et pro fascia pectorali, i. e. *zanapiersnyk* (bei Wujek: koszulka), cilicium.

25. Pulcherrimi quoque viri tui gladio cadant et fortes tui in proelio.

Vollständigkeit halber soll überdies bemerkt werden, dass das Lied vom heiligen Stanislaus [1] aus einem gräfl. Działyńskischen Codex entlehnt ist, aus demselben, in dem unter anderen auch die von Świętosław aus Wojcieszyn im Jahre 1449 verfasste und uns neuestens in einer homographischen Ausgabe [2] zugänglicher gewordene Uebersetzung des Wiślicer Statutes

---

[1] Herausgegeben in den Dodatki do piśm. pols. von Maciej., S. 38.

[2] Verlag der Korniker Bibliothek, Posen 1877.

enthalten ist;[1] die Instruction über die Art, wie die Beichte
sein soll,[2] aus dem gräfl. Dzialyńskischen Codex sub Nr. 43,
der den Titel: Tractatus poenitentiae führt und, wie Bielowski
in seinen Notizen angibt, im Jahre 1460 geschrieben wurde;
das Magdeburger Urtheil aus dem Alexander Batowski'schen
Exemplare des Laski'schen Statutes und die Oratio pulchra aus
dem Ossolinski'schen Exemplare des Krakauer Missale vom
Jahre 1540.

Ueber die Abstammung der Abschwörungsformel ist nichts
bekannt.

II.

Wortlaut der Texte.

1. Iura, quae solus deus dedit populo Israhelico per Moysen.

a. Exodus, Cap. XXI.

1. Thakye tho fzą fandy, czo gye poftawych:

*2. Kupyfz ly flugą zyda, fchefez lath ma thobye zlufzycz.
w fyodmy rok wynydze darmo, wolen.*

*3. W kakyem odzyenyv przifzedl, w thakyem odzyenyv w[y]-
nydze; myal ly fzoną, fz nym wynydze.*

*4. Ale dal ly mv pan fzoną, a myal fz nyą dzyeczy, tedy
zoną y dzeczy yego bandą pana gego, a on wynydze f fwym
odzyenym.*

*5. Rzeknye ly: miluyą pana fwego y zoną y dzyeczy, nye
chcze wynydz wolen,*

*6. tedi tho pan ofwyathczy bogom, flowye kaplanom, a
przekole ly mv vcho, bandze mv zflugą na wyeky.*

*7. Przeda ly ktho dzyewckę fzwą, nye wynydze tako, yako
wychodzą dzyewcky nyewolne.*

[1] Eine frühere, minder genaue Ausgabe dieses Statutes wurde bekanntlich
von J. Lelewel in den Księgi ustaw pols. i mazow. schon im Jahre 1824
besorgt.
[2] Diese Instruction besteht aus einem einzigen Satze und lautet nach
Bielowski's Abschrift folgendermassen: *P[r]oftą, pokorną sponyedz ma
bicz, cziftą y wierną, czystą, odcritą, rostropną y dobrowolną, sromiezliwą,
czalą, tagyemną, richlą, placzoncza, mocznią, posłuszną y tez na fzą zaluioncza.*

8. *Nye podoba ly fzye panv, komv zaprzedaną, wyprʃczy yą, a nye ma myecz moczy zaprzeda̋cz yą ludzem czudzym, acz mv fzye nye luby.*

9. *A da ly yą fzynovy, podlug obyczaya, yako ʃwey dzyewcze, vczyny gey.*

10. *A weʃzma ly fzynovcy gyną zoną, zrzadzy dzyewcze they fzwadzbą, y odzenye y pyenadze za fromotha gey nyeodrzecze.*

11. *Nye vczyny ly tego throyga, wynydze darmo beʃz pyenyadzy.*

12. *Ktho czlowyeka wzdzyerʃzy,[1] ch[cz]qcz zabycz, then fzmyerczą vmrze;*

13. *Ale ktho nye wazil nayn, a bog mv gy dal w gego raczą (= ręce), poʃtawyą thobye myeʃcze, gdzye fzą (= ʃę) ma vczyecz.*

14. *[Aczbi][2] ktho chczqcz zaʃtapyl blyʃz[ny]emv fzwemv [y] zabyge gy, od mego oltharzą odlączyʃz,[3] ʃlowye wydaʃz gy, aʃz vmrze.*

15. *Ktho fzbyge oczcza ʃwego albo matthką fzwoya, fzmyerczą ma rmrzecz.*

16. *Ktho vkradnye czlowyeka a zaprzeda gy, gdy tego nayn dokonayą, ma fzmyerczą vmrzecz.*

18. *A gdy fzye maʃcziʃny zwadzą, a udzerzy geden drugego kamyenem albo pyaʃczą tako, aʃz nye vmrze, ale aʃz lążą w lozv,*

19. *wʃtanye ly, a z laʃzką wynydze na dwor, nyewynny bandze ten, czo vderzyl, tako az mv ʃtrawą y lekarʃtwo zaplaczi.*

20. *Ktho zbyge ʃlugą ʃwego albo dzyewka zwoyą prąthem, az vmrze w rąkv gego, ten bandze wynowath w glowye.*

21. *Ale bandze ly zyw do drugego dnya albo trzeczego, tedy nyepokupy, bo tho geʃth gego pyenadze.*

22. *Szwadza ly fzye maʃzczyʃzny, a vderzy ktho brzemyenną nyewyaʃthą tako, az vmarle dzyeczą porodzy, ale fzama zywa zoʃtanye, tedy ten, co vderzyl, ma zaplaczycz, czʃzo oney maʃz prawy podlug wyrzeczenya gednaczow.*

23. *Ale wmrze ly teʃz fzamą, a thedy da duʃza za dvʃzą,*

24. *oko za oko, zamb za ząb, raka za raką, noga za nogą,*

25. *[ofzʃzenye za ofzʃzenye],[4] raną za raną, fchyyą za fzyyą.[5]*

---

[1] Offenbare Verschreibung für *wderzy*.
[2] Aus der Saroszpataker Bibel entlehnt.
[3] Im Codex steht: *odlączycz.*
[4] Aus der Saroszpataker Bibel vervollständigt.
[5] Saroszpataker Bibel hat: *fzynyaloʃzcz za fzynyaloʃzcz,* Wujek: *ʃinoʃć za ʃinoʃć.*

26. *Vderzy ly ktho ſzlvgą ſzwego albo dzyewką w oko, az mv wſzrok ſzkazi, ma go wolno puſczyez za tho ſzlowye zkazenye oką.*

27. *Thukeſz wybye ly mv zamb, puſczy go za tho wolno.*

28. *Vbodzys ly wol czlowcyeką do ſzmyerczy, kamyenyem gy obrzvczą a nye mayą geſcz gego myaſſą, a pan tego wolu bandzye nyewynyen.*

29. *Bandze ly wol bodaczy z drugyego albo trzecżyego dnya, obyczagem, a tho gego panv opowyedzano, a on go nye zawa[r]l, y zabyge czlowcyekn, [tedy] y wola* (sic!) *obrzvczą kamyenym y pana zabyga.*

30. *Puſzcza ly mv na okvpyenye ſicey duſze, ſzlowye zywotha, tedy da, czokolye starzy kazą.*

31. *Taſz wyną pokupy, zabodzye ly zoną albo dzyewką.*

32. *Zabodze ly czygego ſzlugą, zaplaczi gego panv trzydzyeſzczy ſzelagow ſzrebrnych, a wolu kamyenym obruczycz.*

33. *Kopa ly ktho ſtudnyą, a [nye] przykryge yą, wpadnye ly [do] wn[ą]trza czyy wol albo oſzyel,*

34. *pan tey ſtvdnyey zaplaczy then dobythek, a weſzmye gy ſzobye.*

35. *Vrany ly czyy rol drugego wolu, vmrze ly, tedy przedaczą ziwego wolu, a pyenadzye myedzy ſzya rofzdzyelą, [a marchý]* [1] *thego vmarlego wolu teſz wyeſzmą na poly.* [2]

36. *Ale wyedzal ly pan tego wolu, yſz obyczaynye bodl, a nye ſzawarl go, tedy da wolu za wolu, a marthą ſoby wyeſzmye.*

b. Exodus, Cap. XXII.

1. *Vkradnye ly kto wolu albo owcza, a zabygye albo przedą, then wroczy pyącz wolow za gyedon, a trzy owcze ze gedna.*

2. *Wlomy ly ſzye albo podkopa zlodzyey w czyy dom, a zabygyą gy, ten, czo gy zabyl, nyebandze w them wynowath.*

5. *Vſzkodzy ly kto komv w ſzbozv ſzwym dobythkyem albo w wyny, ſzwym ſzbozym, czo lepſzego ma na ſzwey roly, zaplaczy ſzgoda podlug ſzaczvnku.*

---

[1] Aus der Saroszpataker Bibet entlehnt.

[2] Im Codex ist dieser ganze Vers entstellt und lautet folgendermassen:

    Vrany ly czyy vol drugego wolu a pyenadzye myedzy ſzyą rofzdzyelą za thego vmarlego wolu vmrze ly tedy przedaczą ziwego wolu teſz wyeſzną na poly.

6. Wnydze ly ogyen y fzefzze (= żeżże) czygye fzboze na polu albo w gumnye, then, ot kogo ogyen wyfedl, zaplaczy fzkodą.

7. Da ly kto komv [1] *czokolye chowcacz, vkradną ly mv tho, nayda ly zlodzyeya, vczyną yako fze zlodzyegem;*

8. a nye naydą ly zlodzyeya, tedy ten, czo mv dano cho- wacz, przyfzafze, yako nyefzkorzyfzczyl thego, a thako thego bandze profzen.

10. Poleczy ly ktho komv vołu, ofzla, owczą albo kthorekoly bydło w ftrozą, a wmrze, albo chramye, a thego nykt nye wydzal,

11. thako ma przyfzancz, komv poleczono w ftrozą, fzlowye w paftwą, yako nye wyfzagnal raky fwey na tho bydło, fzlowye yfz gego nye vderzyl, tako bandze profen.

12. Vkradnye ly mv ge, fzlowye paftvchowy, zaplaczi ge temv, czyge bylo.

13. Stharga ly ge zwyerz, oftathek przymye pan, [fzlowye] przydze panv, czyge g[es]t, a tako gego nye zaplaczy.

14. Kthokoly pofzyczy v kogo bydłą, a wmrze v nyego albo rofznyemoze fzye, a pan thego bydła nye bandze przy them, za- placzycz mvfzy then, [2] *komv pofzyczono.*

15. Alye nayął ly gye ktho za fzwe pyenyadze k fzwey roboczye, a bandze przy them pan thego bydła, tedy mv go nye- trzeba placzycz.

16. Zawyodl ly ktho dzyewką, nyfzly yą poyal, fzlowye w ftądlo, y fpal fz nyą, then ma gey dacz wyano y poyacz yą w ftadlo malfzyenfkye.

17. Nye chczye ly yemv gey oczyecz dacz, tedy da gey wyano za fzromota podlug obyczayą, yako dawayą takym dzyew- kam wyano.

18. Sbofznykow nyeczyrp zywu bycz.

19. Kto fzkvczy fz bydlem, fmyerczą vmrze.

20. Ktho offyaruye bogom procz gednego pana boga fzamego, fzabyefz [3] *gy, fzlowye: mayą gy fzyecz yako kaczerza.*

21. Gofczyą nye vfzmaczay, any gnaby (= gnęb'i), gofzczye wy tefz byly w eypfzkyey zemy.

22. A wdowy y fzyroczye nyefgodcz.

---

[1] Im Codex steht: *daley ktho komv da ly czokolye* etc.
[2] Im Codex steht: *themv.*
[3] Im Codex folgt noch ein überflüssiges *ly.*

23. *Vrazycze ly ge, bandv volucz kv mnye, a yą wyfzlucham gych glofz,*

24. *a rofzgnyewam fzye na wafz, a zbyyą wafz myeczem, y bandą wafze zony wdowy, y wafze dzyerzi fzyrothy.*

25. *Pofzyczy[s]ch ly vbogyemv, czo f tobą zywye, pyenyadzy, nye wykithaczyfz gych na nym, any liphy od nyego wyefzmy.*

26. *Wyefzmyefz ly od nyego zaklad, gego odzyenye, nyema ly gynego, wroczy mv ge do fzloncza zachoda, bo tho gędno ma, czym fzye odzewa, a nye ma gynego, w czem by fpal.*

27. *Bandze ly kv mnye volal, wyfzlucham go, bo yefzm mylofzyerny.*

28. *Bogom thwym, to gest kaplanom nye wclaczny.*

29. *Dzyefzaczyna twogą y pyrworodne twoge nyeodwlaczay offyarowacz.*

30. *Pyrworodnego f fzwych dzeczy mnye dafz, y vczynyfz takyefz z wolmy y z owczamy.*

31. *Myaffzą, czo czyky zwyerz zagye, thego nyegyedcz, ale porzwcz pfzom.*

c. Exodus, Cap. XXIII.

1. *Nye przymyefz* [1] *[głosu kłamliwego],* [2] *any zlaczyfz raką fwą, abyfz rzekl za zlofznykyem falfzywe fwyadeczftwo.*

2. *Nye poydzefz za thlufcza fzle czynycz, any w fzandze wyaczfze ftrony przyfzwolyfz, abyfz fzye od prawdy nye othchylyl albo bladzyl.*

6. *Nad vbogym w fzandze fmylwyefz fzye.*

7. *Nyewcynnego a prawego nye vmarzay:*

8. *Nye byerz darow, bo ofzlepyaya oczy mandrych y przewraczayą fzlowa fprawyedlywych.*

9. *Pątnykowy ne bandz czyafzek.* [3]

?. *Nye boy fzye oblycznofczy mocznego any bogathego, bom ya pan bog wafch.* [4]

d. Leviticus, Cap. XXVI.

3. *Bandzeczye ly chodzycz w mogych przykazanyach, a oftrzefzecze ly y vczynyczye ly gye,*

[1] Im Codex steht: *nyeprzymylecz.*
[2] Aus Wujek vervollständigt.
[3] Vers 9 steht im Codex unmittelbar nach Vers 6.
[4] Im Codex: *wacff.*

4. *dam wam wczafzne dzdze, a zyemą zyfzną, y owoczne drzewa bandą, [fzloicye] napelnyona owoczem.*

5. *Zaymye* [1] *znyvo zebranye wyna [y] zyelya gyna, a nagecze fzą chleba wafzego w rzythnofczy, y befz ftrachu badzeczye zycz [w] wafzey zyemy.*

6. *Dam pokoy [w] wafzych ftronach, a nykth wafz zaftrafzy: zle zwyerzą y myecz nye przeydze wafzey granycze.*

7. *Bandzyecze gonycz wafze nyeprzyyaczele y bandą padacz przed wamy.*

8. *Z wafz pyancz bandze ftho nyeprzyyaczyely gonycz, a wafz [ftho] bandze gonycz dzyefzancz thyfzancz: Banda padacz wafzy nyeprzyyaczele pod wafz myecz przed wafzą oblycznofczyą.*

9. *Rofzmnofzą wafz y poczwyerdzą [w] wafz vklad moy fz wamy.*

12. *Bandą chodzycz myedzy wamy y banda wafz bog, a wy bandzeczye moy lud.*

14. *Ale nye bandzyeczye ly mnye fzluchacz y czynycz moye przykazanyą,*

15. *a wzgardzyczye ly moya prawa, y fandy moge nye rczynyczye, czo fzą odemnye poftawyony, [y] rofzerwyecze ly vklad moy,*

16. *ya tefz tho wam vczynycz chczą: nawyedze wafz rącze nadzą (= nęd`o`) y fzuchofczya, czofz wyftawcy (sic!) [2] oczy wafze y ftrawcy dvfzą wafzą. Darmo pofzyeyecze (= pobejeće) nafzyenye wafze, czofz od mogich [nye]przyyaczol bandze popfowano.*

17. *Poftawcyą oblycze fice przeczywcko wam,* [3] *y bandzyeczye padacz przed fzwymy nyeprzyyaczyelmy, y badzecze poddany thym, czo wafz nyenawydzą, bandzyeczye byegacz, gdy wafz nykth bandze gonycz.*

18. *A nye polepfzyczye ly fzye thym, przyczynyą karanyą fwego* [4] *na wafz fzyedm krocz wyaczey prze wafze grzechy,*

19. *y fzethrą wafzey pychy twardofcz.*

20. *Strawcyona bandze darmo robotha wafzą, zyemyą nye przynyefze any* [5] *nafzyenya, any drzewa owoczv dadzą.*

---

[1] Im Codex steht: *zyemye.*
[2] Wujek hat: *która by pokaziła.*
[3] Im Codex steht: *wamy.*
[4] Im Codex: *fweygo.*
[5] Im Codex: *az.*

22. *Prſzczą na waſz ſzwyerzethą polna, czoſz waſz ſtrawyą y waſzye bydla a wſzego vmnyeyſzą, y prſthe bandą drogy [waſze].*

25. *[Y przy]ezyoda na waſz pomſztą vkladv mego, myecz nyeprzyyaczyelſzky. A gdze* [1] *ſzye ſzbyeſzycze do dzwyrdzonych myaſth, ſpoſcza myedzy waſz mory, weydam waſz w racze waſchym nyeprzyyaczelom.*

26. *Y puſcza na waſz taky glod, yſz dzeſſzącz nyewcyaſth bądu chleb ſwoy pyecz w gednem pyeczv, a wydaczą gy na wagą, [y] bandzeczye geſcz, a nyebandzyeczye ſzyczy.*

c. Epilog des Uebersetzers.

Juſz drugye ſzye ſtalo, oſtathka bog wchoway. Polepſymy ſzye, a bog ſzye geſcze zmylvye. Bog nyechcze ſzmyerczi grzeſznego czlowyeka, ale wyaczey ſprawyedlywcego luby, ale aby grzeſzny ſzyą nawroczyl, a zywyacz, pokuthą ſtrogyl, ą pothem do wyeczney radoſczy poſzedl. Thako bog day wſzythkym nam, amen.

2. Praeambula sermonum.

a.

Na poczan[t]ku [2] *ſlnwca mego proſza ſzobye na pomocz boga wſzechmoganczego* [3] *w troyczy yedinego, by my raczil ſzeſlacz dzyſz dar ducha ſwantego* [4] *ſ wyſokoſczy krolyeſthwa* [5] *nyebyeſzkego przeſ zawadą* [6] *dyabla przeklanthego,* [7] *bych wam mogl ſ pyſzma ſwanthego powyedzecz czo dobrego, abyſzmi mogli vbaczycz wyelyebnoſcz y doſtoynoſcz ſwantha tego. Alye chczemi ly doſtathczycz tego, mamy poproſzycz miloſzerny malhky yego.* [8]

---

[1] Wujek hat: *gdy.*
[2] Bei Maciej., l. c.: *na poczathku.*
[3] Ibid.: *wszechmocznego.*
[4] Ibid.: *swathego.*
[5] Ibid.: *krolewsthwa.*
[6] Ibid.: *prsez zawady.*
[7] Ibid.: *przeklathego.*
[8] Bei Maciej. folgen noch die Worte: *rzekącz: posdrowiona badz panno Maria, asz do koncza.*

b.

Mocz oczcza boga,[1] *mandrofcz fzyna yego yedinego, mylofcz ducha firanthego, racz bycz pofpolyczye fze wfzythkymy namy.*

c.

Oczecz, fchyn, duch firanthy, bog[2] *w troyczy yediny, racz bycz fche mną*[3] *y f wamy.*

d.

Wedla thych flow vrofchumyenya[4] *ma bycz pochwalona y pofzal[r]owyona dzewycza Maria, amen.*

3. Orationes passionales.

a. Aus der Handschrift LXV, A, 16.

a.

Swyąthy krzyzv, bącz pofdrowcyon, gyedyna naffza nadzyeio thego czaffzv naffzego pana vmączenya.
Pomnofz dobrym fprawcyedlywofcz, a grzefznym day bozą mylofcz.
Thobye, boze, zwyrchnya troycza, wfzelky dych chwalą dawa, zbaw a rządzy wfzytky ony, ktorzy fzą przefz krzyfz odkvpyeny.[5]

β.

Mario,[6] *mathko fzyna bozego, profzymy czyą grzefzny przez vmączenye yego, racz nam dzyffzya vdzelycz fzmątkv twoyego, ktoryfz myala ftoyącz pod krzyzem fzyna bozego, abyfzmy f thobą naboznye*[7] *oplakaly mąką yego.*

---

[1] Eine ältere und zugleich vollständigere Redaction dieses Präambulums vgl. bei Maciej., Dodatki do piśm. pols., S. 35; eine weitere Variante in den Sprawozdania komisyi językowéj A. U. w Krak., I., S. 147, Nr. 4.

[2] Im Codex steht: *logo.*

[3] Bei Maciej., l. c., steht: *fz namy.*

[4] Ibid.: *szmowyenya.*

[5] Ich bemerke, dass die Eintheilung in Verse vom Verfasser, beziehungsweise vom Schreiber des Gebetes herrührt.

[6] Eine Variante dieses Gebetes vgl. in den Sprawozdania komisyi językowéj A. U. w Krak., I., S. 160), gegen Ende.

[7] Im Codex steht: *na boznye.*

3

b. Aus der Handschrift LXV, B. 2.

α.

O krzyzv fzwyethy, bądz pozdrowyon, na kthorim pan bog
moy [1] *byl zawcyefzon.*

Thy yefz pewna nadzyeya nafza y krzefzczyanfzka wezyecha
wzythka.

O krzyzv, drzewo bogoflawyone, kthorefz nofzylo nafze zba-
wyenye.

Pomnoz lazky fprawcyedlywym, a zgladzy grzechy wfzythkym
wynnym.

Iezv myly, panye lafzkawy, refzrzy dzyfz na twe fztworzenye,
day nam lafzką, bychmy oplakaly twoye vmeczenye. [2]

β.

O panye Iezv Krifzczye, kthoryfz they noczy okrvthnye byl
zwyązan y nyemylofzczywcye polyczkowan, y przed byzkvpy zafzy-
kowan, y od Pyotra trzy krocz zaprzan, profzą czye, raczy na
mnye wezrzecz okyem mylofzyernym, kthorymefz na Pyotra vezrzal,
yz bych mogl mąką twoyą y grzechy moye oplakacz, a pothym yz
bych mogl twoye yafzne oblycze oglądacz, amen.

γ.

O panye Iezv Kryfzczye, kthoryfz przed Herodem falfzywce
fzryadecztwa fzlifzal, a zadnymefz fzye fzlovem nyevymawyal, profze
czye, raczy my dacz mądrofzczy fzwyeczkye, kthore fzą przed thobą,
za glvpofzcz, [y grzechu] roftropnye vvyarovacz [fzye], a do czye-
bye, ktoryfz yeft prawdzyre zbawcyenye, doftacz, amen.

δ.

O panye Iezu Krifzczye, kthoryfz na fząd godzyny fzofzly
byl provadzon y przed Pylathem fzromothnye pofzthawyon, a od
zlofzczywych zydov nyelythofzczywcye na fzmyercz profzen, [3] *profzą*
czye, raczy drfzą moyą od fządv zafzlvzonego vybawycz, a do
chwali twoyey domyefzczycz, amen.

---

[1] Steht in margine und rührt von dem Schreiber des Gebetes sub lit. ζ.

[2] Eintheilung in Verse ist laut Vorlage.

[3] Vom Schreiber des Gebetes ζ hinzugefügt.

ε.

O panye Iezu Kryſzczye, chwalye czye na krzyzv vyſzqczego, czyernovą koroną na glowye noſzączego, proſzą czye, aby krzyz twoy vybavyl mye od angyola byvczego, amen.

O panye Iezu Kryſzczye, chwalye czye na krzyzv zawyeſzonego, zolczyą y oczthem poyonego, proſzą czye, by rani tvoye byly lyekarſztvem dvſze moyey, amen.[1]

O panye Iezu Kryſzczye, chwalye czye y proſzą dlya ony gorzkoſzczy, a nawcyeczy, gdy naſlyachethnyeyſza dvſza twoya wyſzla ſz czyala tweyo, zmylvy ſzye nad dvſzv moyą czaſzv vyſzczya yey ſz czyala mego, amen.

O panye Iezu Kryſzczye, chwalye czye w grobye lyezączego, myrą y maſzczyamy pomazanego, proſzą czye, aby ſzmyercz twoya bila by zywoth moy, amen.

O panye Iezu Kryſzczye, chwalye czye do pyekla ſzthqpvyączego, ayethe vybawcyayączego, proſzą czye, racz my bycz myloſzczyw a nyedopvſzczay mye tamo wnycz, amen.

O panye Iezu Kryſzczye, chwalye czye z martvych wſzthalego, w nyebo wſzthqpvyączego y na pravyczy boga oycza ſzyedzączego, proſzą czye, ſzmylvy ſzye nademną a racz my dacz do twey chwali przycz, amen.

O panye Iezu Kryſzczye, paſtherzv dobry, ſzpravyedlive zachovay, grzeſzne vſzpravyedlyw, a ſzmylvy ſzye nad wſzyſzthkymy wyernymi, a bądz my myloſzczyw grzeſznemv, amen.

O panye Iezu Kryſzczye, chwalye czye na ſząd przychodzączego, ſprawcyedlyve do rayą wzyvayączego, proſze czye, yz by thwoya mąka vybavyla naſz od pyekla gorączego, amen.

ζ.[2]

O boze, ktory dlya othkupyenya ſzwyatha chczyaleſz ſzye narodzycz, obrzezacz, od zydow wczgardzycz, od Judaſza wydawcze

---

[1] Hier fügte der Schreiber des Gebetes ζ die Worte hinzu: quere orationem secundo folio ante.

[2] Der Schreiber hat diesem Gebete folgende, für seine Denkart ziemlich charakteristische Worte hinzugefügt: Hanc orationem infra scriptum semel in die dicens, consequetur octaginta milia indulgentiarum. Item quadraginta diebus eam continuantibus, Bonifacius VIII. dedit plenariam indulgentiam. Et potest dici post sermonem de mane.

*poczalowanym wydacz y od nyego zaprzedacz, zwyązanym zwyązacz
a yako baranek nyewrynny na offyarą wyefzcz y thez przed
oblycznofzczyą Annafza, Cayphafza, Pylata y Heroda nyeflufznye
offyarowacz, od falfzywych fzwyathkow ofzkarzycz, byczym y layanym gabacz, plwoczynamy wplwacz, czyrnym rkoronowacz, pofzyky
bycz, trzezyna obrazycz, oblycze zaflonycz, z odzyenya zwlyecz, na
krzyz gwozdzmy przybycz, na krzyzu podnyfzcz, myądzy lotry po-
lyczycz, zolczyą y oczthem napmcacz y wlocznyą zranycz, thy myly
panye, przez thy nafzwyąthfze maky twoye, ktore ya nyedoftoyny
rofzpamyąthawam, y przez fzwąthy krzyz twoy y fzmyercz wybaw
mye od mąky pyekyelny a raczy mye przywyefzcz, gdzyefz przy-
wyodl lotra fz tobą wkrzyzowanego, kthory z oyczem y z duchem
fzwyątym zywyefz y krolyuyefz, bog na wyeky wyeczne, amen.*

η.

Ist eine wörtliche Wiederholung der ersten vier Verse des
Gebetes x und bietet nur folgende Varianten: *fzwyety, pofzdro-
wyon, wfzythka, bogofzlawyone, lafzke, fzprawyedlywym, zgladz,
wfzythkym.*

θ.

Ist eine blosse Variation der Alinea 3 des Gebetes ε und
lautet wie folgt: *O panye lezu Krzyfzcze, dlya omy gorzkofzczy,
kthorąfz czyrpyal dlya mnye na krzyzv, a nawyeczy, gdy na-
fzwyetfza dufza twoya rifzla yefzt fz czyala twego, profzą czye,
fzmylwy fzye nad dufzą moyą czafzv wyfzczyą yey, a domyefzcz
yą do zywotha wyecznego, amen.*

ι.[1]

*Dzyekryą thobye, panye Yezv Kryfzczye, kthoryfz dlya odkv-
pyenya fzwyatha narodzon, obrzezan y od zydow wzgardzon y od
zdraycze Yvdafza poczalowanym wdan.*

*Chwalye czye, panye Yezv Kryfzczye, kthoryfz dlya odkv-
pyenya fzwyatha okrethnye byl zryazan a yako baranek nyerynny
na offyare wyedzyon, Annafzowy, Kayphafzowy, Pylathowy y He-*

---

[1] Auch dieses Gebet ist strenge genommen eine blosse Paraphrase, die sich
genau an den Gedankengang des sub ζ herausgegebenen Gebetes an-
schliesst.

rodowcy ſzromothnye offyarowan y od falſzywych ſzwyathkow przed nymy nyewynnye oſzkarzon.

Dzyekwyą thobye, panye Iezu Kryſzczye, kthoryſz dlya odkupyenya ſzwyatha dal ſzye okrvthnye byczowacz y czyernym koronowacz, trzczyną tlvcz, poſzykowacz, polyczkowacz, oczy, lycze zaſzlanyacz, z odzyenya zuloczycz y na krzyz gwoſzdzmy zelyaznymi przybycz.

Pozdrawyam czye, panye Yezv Kryſzczye, kthoryſz dlya odkrpyenya ſzvyata na krzyzu podlnyeſzyou, myedzy lothry polyczon, oczthem y zolczyą napawan y wlocznyą przebodzyou.

Proſzą czye, panye Yezv Kryſzczye, przez thy naſzwyethſze meky, kthore ya nyedoſztoyny ſpomynam, y przez ſzryethy krzyz twoy y nyerypną ſzmyercz twoyą, rybav mye od mąk pyekelnych a raczy mye przyrzeſzcz do rayv nyebyeſzkyego, tham, gdzyeſz przykryodl lothra ſz thobą rkrzyzowanego, kthory z bogyem oyczem y z dychem ſzvyethym krolyryeſz na wyek wyekom, amen.

c. Aus der Handschrift 2263.

α.

O panye Yezv Kryſzczye, dzyąkwye thobye, kthoryſz trzy krocz, w ogrodzye modlqcz ſzye oyczv, na oblycze[1] padal y dlya mego zbawyenya krewwym pothem yeſthaſz ſye oblyal, a hanyebnye od ſzlrg zydowſzkych byleſz zrynzan, proſzą thwy ſzwyąthy mylyſzczy, yze by poth thwoy[2] naſzwyąthſzy byl ochlodą drſze moy a raczy yą obronycz od wyeczny nyewoly, amen.

β.

U boze oycze nyebyeſki, nalaſkawſzi, proſziemy czyę pokornye wſzitczi grzeſzni, abi dla męki y ſzmyerczi gorzki ſina twoyego raczil zapamiętacz przewinyenya naſzego.

O panie leſu namyleyſzi iedini zbawiczyelyu i odkupiczielyu rodzayu lyudzkiego, ktoriſz dziſzia dla naſ czierpyal wielkie i czięſzkie męki i koniecznie ieſtes wkrzizowan, vmarl i pogrzebion, cziebie za thę laſkę chwalemi, thobie dziąkuiemi a przi tim pokornye proſziemi, ktoriſzmi mękę twą oplakaly, abi dlya twi męki

*gorzki i dlya wilanya krwie thwi nadrofzi i dla bolefni twi matki
namylfzi raczil odpufczicz nafzi grzechi, a po fzmierczi nafzi
prziyqcz naf do chwali ffwi, w kthori ziwiefz i kroluyefz.*

III.

Erläuterungen.

1. In paläographischer Beziehung.

In paläographischer Beziehung wäre etwa nur der Umstand
zu notiren, dass das Schriftzeichen *q* in den hier vorliegenden
Texten die Gestalt:

und ;

das Schriftzeichen *ç*, das übrigens nur in dem sub II, 3, c, β
herausgegebenen Gebete vorkommt, die Gestalt: ℒ; das Schriftzeichen *y*, das promiscue für *i, y* und *j* fungirt, die Gestalt:

und ;

das Schriftzeichen *j*, das nur in dem sub II, 3, b, ς herausgegebenen Gebete, und auch da nur einmal, im Worte Judafza,
nachweisbar ist, die Gestalt: **)**; das Schriftzeichen *s*, neben
der seltener vorkommenden runden, vorwiegend die lange
Gestalt hat. Auch muss ferner bemerkt werden, dass die ober-
halb des *y* stehenden zwei Punkte, wie dies schon Baudouin
de Court. in seiner Abhandlung: О древне-польскомъ языкѣ до
XIV. стол., S. 18, Anm. 1 ganz richtig hervorhob, keine phonetische, sondern eine rein kalligraphische Bedeutung haben, und
dass es daher kaum angeht, Fälle, wie: *thakije, fandij, gije,
poftawcých, kupýfz, lij, zijda, thobije, ý* u. a. nach dem Vorgange
einiger Gelehrten (unter denen sich selbstverständlich auch
W. Wisłocki befindet) durch: *thakije, fandij, gije, poftawcijch, ku-
pijfz, lij, zijda, thobije, ij* u. s. w. zu transcribiren. Dies wäre eben
ein Vorgehen, das weder in etymologischen, noch in orthographischen Erwägungen irgend welche Begründung hat und auch
bei jenen Gelehrten offenbar nur so zu erklären ist, dass sie die

in den älteren Druckwerken der Polen thatsächlich vorkommenden und gewiss auch vollkommen richtigen Fälle von der Art, wie: *bÿe = bije, pÿe = pije, pÿany = pijany,* u. a. (analog dem Lateinischen: socij = socii, patrimonij = patrimonii, exsilij = exsilii u. s. w.) als eine durchgreifende, auf alle Fälle ohne Ausnahme anwendbare Regel ansahen und daraufhin die ebenso übereilte, wie unbegründete Hypothese aufstellten, dass jedes mit zwei Punkten versehene $y = i + j$ bedeute.

2. In orthographischer Beziehung.

In orthographischer Beziehung lassen sich die hier vorliegenden Texte in fünf Gruppen eintheilen:

Zur ersten Gruppe gehören die Jura sammt den daran sich anschliessenden Auszügen aus dem Leviticus und dem Epiloge;

zur zweiten Gruppe die beiden sub II, 3, a, α—β herausgegebenen Gebete mitsammt den sub I, 2, a—b angeführten Glossen;

zur dritten die Pracambula sermonum;

zur vierten die sub II, 3, b, α—ι und II, 3, c, α herausgegebenen Gebete;

zur fünften endlich das sub II, 3, c, β herausgegebene Gebet.

A. Orthographie der ersten Gruppe.

a. Vocale.

1. Offene Vocale.

a wird in der Regel durch *a* und nur stellenweise, so z. B. in *zonq* (nom. sing.), *oltharzq, czlowyekq, stqdlo, obyczqyq, gofczyq, wafze* (= vaše), *zwyerzatha* (nom. plur.) durch *q* bezeichnet.

i wird promiscue durch *i* und *y* und ebenso *y* promiscue durch *y* und *i* vertreten.

u wird promiscue durch *v* und *u*, jedoch stellenweise, so z. B. in *wmrze* für *umře* und *wchoway* für *uhoraj,* auch durch *w* ausgedrückt.

e wird in der Regel durch *e* und nur ausnahmsweise, so z. B. in *raczą* für *ręce* und *lążą* für *lęże* durch *ą* ersetzt.

o wird regelmässig durch *o* geschrieben.

β. Verengte Vocale.[1]

â wird in der Regel durch *a* und nur ausnahmsweise, so z. B. in *oką*, *myeſſą* für *męsi*, *ſzqwarl* für *zâvarl*, *przedą* (3. sing.), *przykazanyą*, *karanyą*, *pąn*, *zyemyą* durch *ą* bezeichnet.

ê wird in der Regel durch *e*, beziehungsweise *ie*, jedoch nicht selten, so z. B. in *nyeczyrp* (II, 1, b, 18), *pyrworodne* (ibid. Vers 29), *pyrworodnego* (ibid.), *dzwyrdzonych* (II, 1, d, 25) für *ćvirdonyħ* u. a., in Gemässheit der im Volksmunde auch heute noch üblichen Aussprache durch *y = i* geschrieben.[2]

Auch solche Formen, wie: *odzenym* (II, 1, a, 4), *kamyenym* (ibid. a, 29 und 32) und *ſzbozym* (ibid. b, 5) gehören nach Semenovitsch, Ueber die vermeintliche Quantität der Vocale im Altpolnischen, S. 36 f., und nach Miklosich, Ueber die langen Vocale in den slavischen Sprachen, S. 19, ebenfalls viel eher in die Rubrik des *ê-*, als in die des *i*-Lautes.[3]

---

[1] Ich bemerke, dass ich die verengten Vocale anstatt wie bisher durch einen Acut, der grösseren Deutlichkeit wegen durch einen mit seinen Enden nach unten gekehrten spitzen Bogen; das nasale *o*, anstatt des bis jetzt üblichen und zu Missverständnissen Anlass gebenden *ą*, durch *ǫ*; die Buchstabenverbindungen: *ch, cz, dz, dž, dž, rz, sz* durch *h, č, ď, ȥ, ȥ, ǩ* und *š*; die erweichten Consonanten, selbst vor Vocalen, nicht durch *i*, sondern durch das Zeichen des Acutes; *w* durch *v* und das palatale *ł* durch *ʒ* bezeichne.

[2] Nach Baudouin de Court., О древне-полъ. языкѣ, §. 77, und Beiträge zur vergleichenden Sprachforschung, VIII., S. 216, sowie nach L. Malinowski, Pamiętnik A. U. w Krak., t. II., S. 14, §. 42, wäre dagegen dieses *i* für absolut älter zu halten, was mir jedoch, vgl. diesbezüglich Miklosich, Ueber die langen Vocale in den slavischen Sprachen, S. 28, und Vergl. Grammatik, I.², S. 52, sehr zweifelhaft scheint.

[3] In Betreff anderer von den hier vorgetragenen verschiedenen Ansichten vgl. speciell Baudouin de Court, О древне-полъ. языкѣ, §. 60, und in den Beiträgen zur vergleichenden Sprachforschung, VIII., S. 216; W. Nehring, im Archiv für slavische Philologie, II., S. 431; E. Ogonowski, ebendaselbst, IV., S. 250; A. Kalina, in den Rozprawy i Sprawozdania wydz. fil. A. U. w Krak., VII., S. 276 f.

Von dem loc. sing. *na nym* (II, 1, b, 25), wie nicht minder von dem dat. sing. *wdowy* (ibid. Vers 22) versteht sich das von selbst.

ô wird stets durch *o* geschrieben.

γ. Nasale Vocale.

Gemeinpolnisches *ǫ* wird im Inlaute promiscue durch *am, an, ą* und *a*, im Auslaute promiscue durch *a, ą* und *v* = *u;* gemeinpolnisches *ę* im Inlaute durch *a* und *an*, im Auslaute durch *a, ą* und *e* ausgedrückt.

b. Consonanten.

In Betreff der Consonanten gelten in den Sprachresten der ersten Gruppe nachstehende Regeln:

b, g, h, ħ, l, m, n, p und *r* werden auf dieselbe Art wie im Lateinischen bezeichnet.

c, č und *ć* werden alle in gleicher Weise durch *cz* geschrieben: *czo, vczyny, zaplaczycz*.

d wird in der Regel durch *d*, jedoch stellenweise, so z. B. in *ofzwyathczy* (II, 1, a, 6), durch *th* und einmal, im Worte *udzerzy* (ibid. a, 18), sogar durch *dz* ersetzt.

ď wird in der Regel durch *dz*, jedoch ausnahmsweise, so z. B. in *przedaczą* (II, 1, a, 35) und *wydaczą* (ibid. d, 26) auch durch *cz* = *c* [1] und im Worte *nyegyedcz* (ibid. b, 31) auch durch *dcz* = *dc* vertreten.

Ebenso wird *ď* in der Regel durch *dz*, jedoch ausnahmsweise, so z. B. in *czyky* (II, 1, b, 31) auch durch *cz* = *ć* und im Worte *nyefgndcz* (ibid. b, 22) auch durch *dcz* = *dć* geschrieben.

ď wird in dem einzigen Falle, in dem es nachweisbar ist, durch *dz* bezeichnet: *dzdze* (II, 1, d, 3).

Im St. Florianer Psalter ist es durch *dszdsze* und im Pulawer Psalter durch *dyzdze* geschrieben.

---

[1] Eine ganz analoge Erscheinung tritt uns auch in dem von Kalina in den Anecdota palaeopolonica, Archiv für slavische Philologie, III., 1 f., besprochenen Sprachdenkmale entgegen.

f wird in der Regel durch *ff* vertreten: *offyaruge, offya-rowacz* u. s. w.

j wird promiscue durch *i, y* und *g* und stellenweise, ähnlich wie im Puławer Psalter und in anderen altpolnischen Sprachdenkmälern, durch *g + y* bezeichnet, was offenbar ein orthographischer Pleonasmus ist: *gye* für *je, zagye* für *zaje, nye gyedcz* für *ńe jed* u. s. w.

In *gych = jih, mogych* und *mogich = mojih, ſtrogyl = strojil, gyną = jiną* finden wir dagegen eine recht werthvolle Bestätigung der von Fr. Malinowski und seinen Anhängern vertretenen Ansicht, dass *i* im Anlaute und nach Vocalen ähnlich wie in anderen slavischen Sprachen, so auch im Polnischen wie *ji* klingt.

k wird in der Regel durch *k* und nur in *ſzgoda* (II, 1, b, 5) und *nyeſgodcz* (ibid. b, 22) abwechselnd auch durch *g* ersetzt.

ł wird aus Mangel eines eigenen Schriftzeichens stets durch *l* geschrieben:

ř wird in der Regel durch *rz*, seltener, so namentlich in *wzdzyerſzy* (II, 1, a, 12), durch *rſz* und einmal, im Worte *obruczycz* (neben dem regelrechten *obrzuczycz*), auch durch blosses *r* vertreten.

s wird promiscue durch *ſ, ſſ, ſz, ſſz, z* und *zſ; ś* promiscue durch *ſ, ſz* und *ſch; ś* promiscue durch *ſ* und *ſz; śč* promiscue durch *ſzcz* und *ſcz; śč* in der Regel durch *ſcz* bezeichnet.

t wird promiscue durch *t* und *th; v* promiscue durch *v* und *w* (= zwei *v*) geschrieben.

Als Präposition wird *v* vor Worten, die mit einem *w* anlauten, nicht selten auch weggelassen: *y beſz ſtrachv badzeczye zycz waſzey zyemye* (II, 1, d, 5): *dam pokoy waſzych ſtronach* (ibid. d, 6); *y poczwyerdzą waſz rklad moy ſz wamy* (ibid. d, 9).

z wird promiscue durch *z, ſ* und *ſz; ź* und ebenso *ż* promiscue durch *z* und *ſz* vertreten.

Die Erweichung der Consonanten wird vor anderen Consonanten und im Auslaute der Worte in der Regel gar nicht, vor Vocalen (mit selbstverständlicher Ausnahme des *i*) nicht selten durch Einschaltung eines *y = i* angedeutet: *ſyodmy, kakyem, odzyenye, myal, oſzwyathczy, pyenyadzy, oſzyel, ogyen, wyano, z drugyego albo trzeczyego dnya, fzobye, vbogyemu, my-lofzyerny, nye byerz, nafzyenye, fzyedm* u. s. w.

Diese Erweichung pflegt übrigens in den Sprachresten der ersten Gruppe nicht selten auch dort einzutreten, wo sie dem heutigen Sprachgebrauche wenigstens der gebildeten Polen vollkommen fremd ist, als da: *udzerzy* neben *uderzy* (II, 1, a, 18), *pyenadzye* (ibid. a, 35), *wyefzmą* (ibid.), *wyefzmye* (ibid. a, 36), *malfzyenf kye* (ibid. b, 16), *chczye* (ibid. b, 17), *wyefzmy* (ibid. b, 25), *wyefzmyefz* (ibid. b, 26), *poczwcyerdzą* (ibid. d, 9), *wafzye* (ibid. d, 22), *dzwyrdzonych* (ibid. d, 25) u. a.

Im Worte *nayn = nań* wird die Erweichung der Con-sonanten, ähnlich wie in der Saroszpataker Bibel und dem Puławer Psalter (ja einmal sogar im St. Florianer Psalter!), ausnahmsweise auch durch Voranstellung des *y* angedeutet.

B. Orthographie der zweiten Gruppe.

a. Vocale.

α. Offene Vocale.

a wird regelmässig durch *a; e* regelmässig durch *e; i* pro-miscue durch *i* und *y; y* promiscue durch *y* und *i; u* pro-miscue durch *v* und *u; o* regelmässig durch *o* geschrieben.

β. Verengte Vocale.

â wird regelmässig durch *a; ê* promiscue durch *e, ie, i* und *y; ô* regelmässig durch *o* vertreten.

γ. Nasale Vocale.

Gemeinpolnisches *ǫ* wird im Inlaute promiscue durch *ąn* und *ą,* im Auslaute stets durch *ą;*

gemeinpolnisches *ę* sowohl im In- als im Auslaute stets durch *ą* bezeichnet.[1]

---

[1] Es wird vielleicht nicht überflüssig sein, zu bemerken, dass ich, wiewohl mir auch die übrigen, von A. Kryński in der Abhandlung: О носовыхъ звукахъ въ слав. языкахъ, S. 36—55; von L. Malinowski in den Bei-trägen zur slavischen Dialektologie, I., S. 26—27; von A. Potebňa in dem Buche: Къ исторіи звуковъ русс. языка, S. 211—217 (vgl. Archiv

b. Consonanten.

c, *č*, *ć*, *d*, *f*, *h*, *ħ*, *j* und *ji*, *l*, *ł*, *m*, *n* und *p* werden in derselben Weise wie in den Sprachresten der ersten Gruppe bezeichnet.

b wechselt im Auslaut der Worte (jedoch nur in den Glossen) ausnahmsweise auch mit *p* ab: *fzlycp = ślub*.

d und *ď* werden in der Regel durch *dz*, jedoch stellenweise auch durch *cz* vertreten: *lrczky*, *lrczkyey*, *bącz*, *czelacz*.

ď lässt sich in den Sprachresten dieser Gruppe nicht belegen.

g wird stets durch *g* und nur in der Glosse: *do kgranycz = granic* auch durch *kg* bezeichnet.

k wird stets durch *k*; die Buchstabenverbindung *ks* in der Glosse *kxyqzqth* durch *kx* ersetzt;

ŕ wird regelmässig durch *rz* ausgedrückt: *krzyzv*, *rzqdzy*, *przez* u. s. w.

s und *š* werden promiscue durch *f*, *ff*, *fz* und *ffz*; *ś* promiscue durch *f*, *fz* und *ffz*; *šč* und ebenso *ść* beide in gleicher Weise durch *fcz* vertreten.

t wird in der Regel durch *t* und *th* und nur ausnahmsweise, in der Glosse *podkaly*, auch durch *d* bezeichnet.

v wird in den Gebeten ebenso wie in den Glossen stets durch *w* geschrieben.

z, *ž* und *ź* werden promiscue durch *f*, *fz* und *z* vertreten.

Die Erweichung der Consonanten wird vor anderen Consonanten und im Auslaute der Worte[1] in der Regel gar nicht,

---

für slavische Philologie, III., S. 615—620); von A. Małecki in der Gramatyka hist.-porów. języka pols., I., S. 17—23 (vgl. Archiv für slavische Philologie, V., S. 138) und gelegentlich auch von Anderen aufgestellte Theorien nicht unbekannt sind, mich in Bezug auf die historische Entwicklung und mittelbar also in Bezug auf die phonetische Geltung der Nasalvocale im Altpolnischen im grossen Ganzen an die Ansicht halte, wie sie Baudouin de Court. in seiner Abhandlung: О древне-поль. языкѣ, S. 81—85, und noch präciser in seiner Besprechung der L. Malinowski'schen Theorie, Beiträge zur vergleichenden Sprachforschung, VIII., S. 204—206, formulirte.

[1] Mit Ausnahme von *nany* und *krevy = nań* und *krev*, wo die Erweichung der Consonanten auch im Auslaute durch Anfügung eines *y* bezeichnet wird.

vor Vocalen ziemlich regelmässig durch Einschaltung eines *y* = *i* angedeutet und diese Bezeichnungsweise nicht selten auch auf Fälle wie *alye, polya, fzlyrp* u. a. ausgedehnt.

Fälle von Erweichung von Palatalen kommen in den Sprachresten der zweiten Gruppe nicht vor.

C. Orthographie der dritten Gruppe.

a. Vocale.

α. Offene Vocale.

Werden in derselben Weise wie in den Sprachresten der zweiten Gruppe bezeichnet.

β. Verengte Vocale.

Werden gleichfalls, soweit sie sich belegen lassen, in derselben Weise wie sub lit. B vertreten.

γ. Nasale Vocale.

Werden ohne Unterschied des Klanges im Inlaute regelmässig durch *an*, im Auslaute promiscue durch *q* und *a* bezeichnet.

b. Consonanten.

c, č, ć, d, g, h, k, l, ł, m, n, p, r, ř und *v* bieten genau dieselbe Schreibweise wie in den Sprachresten der zweiten Gruppe.

Hinsichtlich der übrigen Consonanten gelten nachstehende Regeln:

b wird regelmässig durch *b: boga, thobye, nyebyfzkyego, bych, rbaczycz;*

j regelmässig durch *y: yego, yedinego, doftoynofcz, yego;*

ď regelmässig durch *dz: dzyfz, powyedzecz, dzewycza;*

s promiscue durch *f, fz* und *fch: fwantego, nyebyefzkyego, fchyn;*

š und *ž* stets durch *fz: wfzechmoganczego, wfzythkymy, dzyfz, poprofzycz, milofzerney;*

ść regelmässig durch *ſcz: wyſokoſczy, doſtoynoſcz, wyelyebnoſcz;*

t wird promiscue durch *t* und *th: troyczy, ſwantego, krolye
ſthwa, przeklanthego;*

z durch *z, ſz* und *ſch* geschrieben: *zawadą, ſzeſlacz, wro
ſchumyenya.*

ſ, h, đ, ď, śč, ź und *ź* lassen sich bei dem geringen
Umfang des Denkmals nicht belegen.

Die Erweichung der Consonanten wird vor anderen Consonanten und im Auslaut der Worte gar nicht, vor Vocalen in
der Regel durch Einschaltung eines *y = i* angedeutet: *ſzobye,
krolyeſthwa, dyabla, powyedzecz, wyelyebnoſcz, wroſchumyenya.*

Bei *ć, ś* und *ď* wird jedoch diese letztere Bezeichnungsweise ebenso wie bei Palatalen nicht beobachtet: *powyedzecz,
dzewcycza, myloſzerney, paſpolycze, poczanſtſku, wſzechmoganczego.*

D. Orthographie der vierten Gruppe.

a. Vocale.

1. Offene Vocale.

Bieten dieselbe Schreibweise wie die sub lit. B besprochenen Sprachreste.

Nur in dem Worte: *do rayą* (II. 3, b, ε, Vers 8) tritt uns
eine von der usuellen abweichende Schreibweise entgegen.

β. Verengte Vocale.

Bieten gleichfalls die bereits bekannte Schreibweise, und
wäre etwa nur noch der Umstand hervorzuheben, dass die
Zahl der Fälle, in denen *ê* durch *y = i* ersetzt wird, in den
Sprachresten der vierten Gruppe viel grösser ist als in den
übrigen hier vorliegenden Sprachresten: *poczalowanym, zwyązanym, byczym, layanym, czyrnym* und *czyrnym, podnyſzcz, ony*
(gen. sing. f. g. von *on*), *pyekyelny* (derselbe Casus), *thwy ſzwyąthy myloſzczy* (derselbe Casus), *deſze moy* (derselbe Casus).
wyeczny (derselbe Casus).

Bemerkenswerth sind übrigens auch solche Formen, wie:
pothym, za thy (cyſzthap[k]i), przez thy (naſzwyąthſze maky twoye)
und *nawyeczy.*

Im Worte *profzru* (II, 3, b, 2), das ich als für *prošôn* = heutigem *prošon* stehend auffasse, hätten wir dagegen einen ziemlich seltenen Fall der Vertretung des verengten *ô* durch *v = u*.

γ. Nasale Vocale.

Gemeinpolnisches *ǫ* wird in den sub II, 3, b, α—ι herausgegebenen Gebeten im Inlaute promiscue durch *u*, *ą* und *r* = *u*, im Auslaute promiscue durch *a* und *ą*; gemeinpolnisches *ę*, sowohl im In- als im Auslaute, promiscue durch *ą* und *e* bezeichnet.

In dem sub II, 3, c, ι herausgegebenen Gebete wird dagegen gemeinpolnisches *ǫ* sowohl im In- als im Auslaute stets durch *ą*; gemeinpolnisches *ę*, ebenso wie oben, promiscue durch *ą* und *e* vertreten.

b. Consonanten.

b, c, č, ć, d, ď, ḋ, g, h, j, k, l, ł, m, n, p, r, ř, t und *v* werden in derselben Weise wie sub lit. C bezeichnet.

Hinsichtlich der übrigen ist Folgendes zu bemerken:

f wird in der Regel durch *ff*, jedoch stellenweise auch durch *ph*: *Cayphafza, Kayphafzowy;*

s in der Regel durch *f* oder *fz*, seltener durch *z: byzkupy, lazky;*

š in der Regel durch *fz* und wohl nur aus Versehen auch durch *z: wzythka* neben *wfzythka* und *wfzyflhka;*

ś regelmässig durch *fz: kthoryfz, yefthefz, Kryfzczye, bylefz;*

šč und *śč* beide in gleicher Weise stets durch *fzcz: wyefzcz, podnyfzcz, oblycznofzczyą;*

z in der Regel durch *z*, seltener durch *fz: pofzdrowcyon;*

ž regelmässig durch *z: krzyzr, yz, zadnym, zydow, zydowfzkych;*

ź in der Regel durch *z*, seltener durch *fz* vertreten: *refzrzy* (II, 3, b, ι).

Die Erweichung der Consonanten wird genau in derselben Weise wie sub lit. B behandelt.

E. Orthographie der fünften Gruppe.

Als das charakteristische Merkmal des sub II, 3, c, ι herausgegebenen Sprachrestes ist vor Allem die regelmässige

Unterscheidung zwischen dem nasalen *o* und dem nasalen *e* anzusehen, von denen das eine durch *q*, das andere durch *ę* bezeichnet wird: ferner die Vorliebe für *e*, beziehungsweise *ie* an Stellen, wo die älteren Denkmäler gewöhnlich *i* haben: *profziemi, chwalemi, czierpyal, krcie;* drittens die Vorliebe für *i* = *ê* = *ę* = *oję* an Stellen, wo die übrigen hier besprochenen Sprachreste in der Regel *ey* = *êj* bieten: *trci, thaci, gorzki, nadrofzi, namylfzi, nafzi, ffici;* viertens die Vorliebe für *i* auch an solchen Stellen, wo die anderen Sprachreste häufiger *y* bieten: *ktorifz, abi, iedini, wilanya* u. s. w.

Im Uebrigen gelten die sub lit. D) aufgestellten Regeln.

3. In phonetischer Beziehung.

Viel geringer als in orthographischer ist der Unterschied der hier vorliegenden Texte in phonetischer Beziehung. Denn so mannigfaltig auch die Art und Weise ist, deren sich die Schreiber dieser Texte bei Wiedergabe einzelner, im lateinischen Alphabet nicht vorhandener polnischer Laute bedienten,[1] so berechtigt uns diese ihre Art und Weise gar nicht, anzunehmen, dass mit der orthographischen auch die phonetische Mannigfaltigkeit gleichen Schritt gehalten. Im Gegentheil, wir werden, wenn wir uns die Umstände, unter denen die ältere Graphik und Orthographie der Polen zu Stande kam, gehörig vergegenwärtigen,[2] ganz ohne Widerrede zur Ueberzeugung gelangen,

---

[1] In Betreff anderer altpolnischer Schreibarten vgl. im Besonderen: Baudouin de Court., О древне-поль. языкѣ, S. 17—86; A. Semenovitsch, Ueber die vermeintliche Quantität der Vocale im Altpolnischen, S. 12 bis 39; W. Nehring, im Archiv für slavische Philologie, II., S. 411—425, V., S. 237—251, und in seinem Iter Florianense, S. 43—49; L. Malinowski, im Pamiętnik A. U. w Krak., II., S. 9—29, und in den Rozprawy i Sprawozdania wydz. fil. A. U. w Krak., VII., S. 343—349; E. Ogonowski, im Archiv für slavische Philologie, IV., S. 246—258; A. Kalina, ebendaselbst, III., S. 6—25, 621—630, IV., S. 29—62 und VI., S. 186—195, in den Rozprawy i sprawozdania wydz. fil. A.U. w Krak., VII., S. 233—287, und in seinem Kryt. Rozbiór pieśni Bogarodzica, S. 34—60; J. Hanusz, in den Rozprawy i Sprawozdania wydz. fil. A. U. w Krak., VIII., S. 64 - 69.

[2] Ich verweise namentlich auf Nehring, Archiv für slavische Philologie, II., S. 411 f., und auf meine Historische Uebersicht der Graphik und der Orthographie der Polen, S. 1 f.

dass die älteren Schreiber der Polen, indem sie einerseits
mehrere, phonetisch verschiedene Kategorien von Lauten durch
ein und dasselbe Schriftzeichen, andererseits aber eine und
dieselbe phonetische Kategorie durch mehrere Schriftzeichen
vertraten, die phonetischen Eigenthümlichkeiten ihrer Sprache
nur äusserst ungenau zum Ausdruck brachten, und dass daher
Vieles, was wir auf Grund der uns gegenwärtig vorliegenden
Schreibungen geneigt wären, als besondere Eigenthümlichkeiten
der altpolnischen Phonetik anzusehen, sich in Wirklichkeit als
blosse Folge der mangelhaften polnischen Orthographie heraus-
stellt. Und wie sehr wir Recht haben, ist am besten aus dem
Umstande zu ersehen, dass, ähnlich wie in vielen anderen, so
auch in den hier vorliegenden Sprachresten das Schriftzeichen
a nicht nur für *a* und *á*, sondern auch für *o* und *ę*; das Schriftzeichen *q* nicht nur für *o*, sondern auch für *a* und *á* und
stellenweise auch für *e*, *ę* und *u*; das Schriftzeichen *v*, beziehungsweise *u*, nicht nur für *u*, sondern auch für *o*; das
Schriftzeichen *cz* nicht nur für *č*, sondern auch für *c* und *ć*
und nicht selten auch für *ď* und *ď*; das Schriftzeichen *f* nicht
nur für *s*, sondern auch für *ś* und *ś*, sowie für *z*, *ž* und *ź*;
das Schriftzeichen *ff* nicht nur, wie später bei einigen Buch-
druckern, für *ś*, sondern auch für *s*; das Schriftzeichen *fz* nicht nur
für *š*, sondern auch für *s* und *ś* und stellenweise auch für *z*, *ž*
und *ź*; das Schriftzeichen *ffz* nicht nur für *š*, sondern auch
für *s* und *ś*; das Schriftzeichen *fch* nicht nur für *š*, sondern
auch für *s* und *z*; das Schriftzeichen *z* nicht nur für *z*, sondern
auch für *ž*, *ź* und *s*; das Schriftzeichen *fcz* nicht nur für *śč*,
sondern auch für *šč* und umgekehrt das Schriftzeichen *fzcz*
nicht nur für *šč*, sondern auch für *śč* fungirt.

Wenn aber Jemand mit Bezug auf das von L. Malinowski,
Pamiętnik A. U. w Krak., II., S. 21 f. und Rozprawy i Sprawozdania A. U. w Krak., VII., S. 347—349, sowie mit Bezug
auf das von A. Kalina, Archiv für slavische Philologie, III.,
S. 628—629 und Rozprawy i Sprawozdania, VII., S. 233—234
Gesagte einwenden wollte, dass auch in den soeben angezogenen
Schreibungen, so barock und widersinnig sie auch scheinen
mögen, ein tieferer phonologischer Sinn verborgen liege, so
müssten wir diese Einwendung als einen förmlichen Irrthum
bezeichnen, der um so bedenklicher ist, als er notorisch Fehler-

haftes zur Bedeutung eines wissenschaftlichen Axioms erheben
möchte. Schon der blosse Umstand, dass die meisten von den
soeben angezogenen und sich gegenseitig widersprechenden
Schreibungen nicht selten in einer und derselben Wortform
eines und desselben Sprachrestes (man vergleiche z. B. die in
den Jura befindliche 3. plur. *banda, bandą* und *bandr*, oder
die ebenfalls in den Jura befindlichen: *flugą, fzluga* und *zfluga*
neben *zlufzycz; fwym, fzwcą* und *zwoyą; vderzy* und *udzerzy;
trzeczego* und *trzeczyego; fzkoda* und *fzgoda; poczwcyerdzą* und
dzwcyrdzonych u. s. w.) vorkommen, spricht ganz entschieden
gegen diese Auffassung und dürfte in Gemeinschaft mit den
Anhaltspunkten, wie sie uns in dem orthographischen Tractate
des Jacob Parkosz vorliegen, überzeugend genug sein, um dem
ebenso einseitigen als nutzlosen Bestreben, alle, selbst die wider-
sinnigsten orthographischen Einfälle der alten Schreiber auf phonetische Beweggründe zurückführen zu wollen, ein- für allemal
ein Ende zu machen. Und dies um so mehr, als auch eine
weitere Einwendung der Verfechter jener Ansicht, der zufolge
Schreibungen wie die soeben angezogenen möglicherweise auf
uns unbekannten dialektischen Eigenthümlichkeiten beruhen, gar
nicht stichhältig ist und sich durch keine noch so scharfsinnige
Deductionen wird je erweisen lassen. Denn gesetzt auch, dass zu
der Zeit, als Jacob Parkosz seinen orthographischen Tractat
schrieb, die literarische Herrschaft des von ihm als der mass-
gebende Typus dargestellten polnischen Dialektes noch nicht so
feststand wie heutzutage, und dass somit in den Denkmälern
des XV. Jahrhundertes das Vorkommen von anderweitigen, aus
anderen polnischen Dialekten entlehnten phonetischen Eigenthümlichkeiten viel häufiger und selbstverständlicher war als
heutzutage, so folgt daraus noch ganz und gar nicht, dass
auch solche Schreibungen wie die soeben erwähnten oder wie
die von Baudouin de Court., Beiträge zur vergleichenden
Sprachforschung, VI., S. 220; von A. Malecki, Gram. hist.-
porów. języka pols., I., S. 93; von J. Hanusz, Rozprawy i
sprawozdania A. U. w Krak., VIII., S. 64—69 (allerdings nicht
alle); von L. Malinowski, ebendaselbst, VII., S. 348—349, und
von A. Kalina, Archiv für slavische Philologie, III., S. 629
angeführten auf Einflüssen beruhen, die man mit dem Namen
der ‚dialektischen‘ bezeichnet. Ein polnischer Dialekt, wo

phonetische Monstra von der Art wie: *zroję* für *sroję*; *udeřy* für *udeřy*; *sgoda* für *škoda*; *dřirdonyh* für *ćrirdonyh*, oder gar wie: *boďem*, beziehungsweise *bojžem*, für *bojem*; *droďem*, beziehungsweise *drojžem*, für *drojem*; *kśęďi*, beziehungsweise *kśęjži*, für *kśęji*; *daj* für *daj*; *daře* für *daře*; *voďy* für *rody*; *spoćedal* für *spoćedal*; *difny* für *ďivny*; *diśa*, beziehungsweise *diśa*, für *ďiśa*; *počątky*, beziehungsweise *počątky*, für *počątku*; *nąka*, beziehungsweise *nauka*, für *nauka*; *gřebhy* für *gřehy* u. a. möglich wären, ist uns glücklicherweise bis jetzt nicht bekannt worden und dürfte, soweit ich dies aus den einschlägigen Studien von Kolberg,[1] Matusiak,[2] Zawiliński,[3] Leciejewski,[4] Biela,[5] Petrow,[6] Siarkowski,[7] Grajnert[8] und Kosiński,[9] sowie aus den Beiträgen zur slavischen Dialektologie von L. Malinowski selbst zu entnehmen berechtigt bin, sich auch in der Folgezeit schwerlich je finden lassen. Wenn man mir aber entgegenhalten wollte, dass der gegenwärtige Stand der polnischen Dialekte für ihren früheren Zustand gar nicht massgebend sei, und dass daher phonetische Erscheinungen, die nach dem gegenwärtigen Sprachgefühle der Polen vollkommen unzulässig sind, im XV. Jahrhundert noch ganz gut möglich waren, so antworte ich, dass das nicht richtig ist. Wie der Dialekt, der der polnischen Schriftsprache zu Grunde liegt, sich bis auf wenige, von Baudouin de Court. in den Beiträgen zur vergleichenden Sprachforschung, VIII., S. 216, specificirte Erscheinungen auch heute noch fast genau auf der phonetischen Stufe erhält, auf der er bereits zur Zeit des

---

[1] Lud, jego zwyczaje, podania etc., sowie O mowie ludu wielkopolskiego im Zbiór wiadomości do etnografii kraj., I., dział etnolog., S. 1—36.

[2] Gwara Lasowska w okolicy Tarnobrzega, in den Rozprawy i Sprawozdania wydz. fil. A. U. w Krak., VIII., S. 70—179.

[3] Gwara Brzezińska w starost. Ropczyckiém, ebendaselbst, S. 180—234.

[4] Gwara miejskiéj Górki i okolicy, ebendaselbst, IX., S. 108—148.

[5] Gwara Zebrzydowska, ebendaselbst, S. 149—217.

[6] Lud ziemi Dobrzyńskiéj, jego charakter, mowa etc., im Zbiór wiadomości do etnografii kraj., II., dział etnolog., S. 3—182.

[7] Materyjały do etnografii ludu polskiego z okolic Kielc, ebendaselbst, II., S. 209—259, III., S. 1—61 und IV, S. 83—184.

[8] Zapiski etnograf. z okolic Wielunia i Radomska, ebendaselbst, IV., S. 185—261.

[9] Materyjały do etnografii górali bieskidowych, ebendaselbst, V., S. 185—265.

4*

Jacob Parkosz gestanden, so werden wohl auch die übrigen polnischen Dialekte, selbst wenn man ihnen einen viel freieren Spielraum zuerkennen wollte, sich von ihren Vorbildern aus dem XV. Jahrhunderte keineswegs schon so weit entfernt haben, dass man berechtigt wäre zu sagen, dass Erscheinungen, die heutzutage als vollkommen unzulässig gelten, im XV. Jahrhunderte etwa noch zu Recht bestanden. Uebrigens was müsste denn das auch für ein polnischer Dialekt sein, wo phonetische Monstra von der Art wie die soeben erwähnten praktische Berechtigung hätten? Müsste man da nicht an der erfahrungsmässig feststehenden Folgerichtigkeit des menschlichen Sprachgeistes vollkommen irre werden? Und warum sollte gerade nur der polnische Sprachgeist sich in solchen Extravaganzen gefallen?

Man mag daher seinen Scharfsinn noch so sehr anstrengen und den Gebrauch der einzelnen Schriftzeichen noch so genau zählen, herausbringen wird man in der Regel nichts weiter als nur die Bestätigung von Thatsachen, die wir bereits aus Jacob Parkosz und St. Zaborowski kennen und zu deren richtigem Verständniss uns einerseits die polnischen Druckwerke aus der Officin des Lazar Andrysowicz, andererseits die bestehenden polnischen Dialekte den besten Schlüssel bieten. Alles, was über diese Linie hinausgeht, ist, das glaube ich mit voller Zuversicht behaupten zu dürfen, entweder ganz falsch, oder wenigstens in einer so dringenden Weise verdächtig, dass man besser thut, bei Aufstellung von sprachwissenschaftlichen Combinationen davon ganz abzusehen. Auch bin ich überhaupt der Meinung, dass bei Erörterung von Fragen, die sich auf die Reciprocität zwischen Orthographie und Phonetik beziehen, es unter allen Umständen richtiger und der Sache angemessener ist, Schreibungen wie die soeben angezogenen mit Prof. Jagić (vgl. Archiv für slavische Philologie, V., S. 170) dem Unverstande und der orthographischen Rathlosigkeit der alten Schreiber zu gute zu halten, von denen einige, wie beispielsweise der Verfasser der sogenannten Gnesener Predigten,[1] ganz

---

[1] Die Sicherheit, mit der ich diese übrigens auch schon von dem nichts weniger als zuverlässigen K. Malkowski, Przeglad najdaw. pomnikow jezyka pols., S. 95, als richtig erkannte Behauptung ausspreche, beruht vor Allem auf Schreibungen, wie: *bogadstuo, f poscaely, fell, pryfell, strowe, difne, on flefze f dury czafzny, fe ffzyczky, rzyczerof* u. a., wie nicht minder

gewiss polonisirte Deutsche waren, als sie durch Annahme
dialektischer Einflüsse dem altpolnischen Sprachgeiste in die
Schuhe zu schieben und ihn so für Widersprüche verantwort-
lich zu machen, die er absolut nicht verschuldet hat.
Nur in einer Beziehung scheint die ältere Orthographie
der Polen etwas mehr bieten zu wollen, als man dem Gesagten
zufolge anzunehmen das Recht hätte. Wenn man nämlich bedenkt, dass Fälle wie die sub III, A, b, Alinea 20 angeführten
auch in den übrigen altpolnischen Sprachdenkmälern (vgl.
Archiv für slavische Philologie, IV., S. 251 f. und V., S. 140,
240, 249—250; Rozprawy i Sprawozdania wydz. fil. A. U. w
Krak., VII., S. 283—285; Pamiętnik A. U. w Krak., II., S. 11
und 26; Rozbiór krytyczny pieśni Bogarodzica von Kalina,
S. 51—54 u. a.) in noch grösserer Anzahl vorkommen, so wird
man wohl kaum irre gehen, wenn man auf Grund dieser in
fast allen altpolnischen Sprachdenkmälern gleichmässig wieder-
kehrenden Erscheinung die Behauptung aufstellt, dass die Vorliebe der Polen für mouillirte Aussprache sich zu Ende des
XIV. und noch um die Mitte des XV. Jahrhundertes viel nach-
drücklicher äusserte als heutzutage. Ja, diese Vorliebe der Polen
für mouillirte Aussprache ist seinerzeit so intensiv gewesen, dass
sie, wie dies aus *wafzye*, *malfzyenfkye*, *fzcziófzczie*, *bozye*, *po-
czyótek*, *wczyorayfzi*, *czyapki*, *roczefzye*, *fpufzczyó*, *przezyegnanye*,
czyekanye und anderen Beispielen hervorgeht, auch die Palatalen *č*, *š* und *ž* und stellenweise (ich verweise speciell auf die
von A. Kalina aus der Petersburger Abschrift der ‚Artikel
des Magdeburger Rechtes‘ in den Rozprawy i Sprawozdania,
VII., S. 283, und auf die von Nehring aus dem Pulawer
Psalter im Archiv für slavische Philologie, V., S. 249, mit-
getheilten Belege) auch das cerebral-palatale *ř* ergriff. Gegen
Ende des XV. Jahrhundertes scheint jedoch diese Vorliebe für
mouillirte Aussprache wenigstens im Munde der Gebildeten
bedeutend nachgelassen zu haben und kommen daher Schreibungen wie die soeben angeführten in den Denkmälern aus

auf dem Umstande, dass der 3. sing. und plur. ganz im Geiste der
deutschen Sprache das persönliche Fürwort: *on, ona, ono, oni* vorgesetzt
wird. Ein Pole, ja selbst ein Russe (wie Makušew in seinen Слав русс.
мѣсяцій на древне-польскую письменность annimmt) hätte unmöglich so
geschrieben.

dem Ende des XV. und dem Anfang des XVI., wie nicht
minder in denen aus den nächstfolgenden Jahrhunderten nicht
mehr vor.

Wie richtig aber diese Erkenntniss im Allgemeinen auch
sein mag, so ist damit noch lange nicht Alles entschieden. Es
bleibt im Einzelnen noch immer die Frage offen, ob die Pala-
talen $\acute{c}$, $\acute{s}$ und $\acute{z}$ (das $\acute{r}$ lasse ich vorläufig ganz aus dem Spiele)
in Fällen, in denen sie mit einem $y = i$ begleitet erscheinen,
und eventuell auch in allen übrigen hieher gehörigen Fällen,
nach Analogie des Altslovenischen (vgl. Archiv für slavische
Philologie, II., S. 223 f., und Miklosich, Vergleichende Grammatik, I., S. 291—292), des Altčechischen (vgl. Sitzungsberichte
der Wiener Akad. d. W., LXXXIX., S. 317 f. und XCIII.,
S. 299 f.) und des Altrussischen (vgl. unter anderen Sitzungsberichte der Wiener Akad. d. W., XIV., S. 28),[1] weich, etwa
so wie $\acute{c}$, $\acute{s}$ und $\acute{z}$, oder ob sie nach Analogie der in einigen
Gegenden geltenden mazurischen Aussprache (vgl. Zbiór wia-
domości do antropologii krajowéj, II., dział etnolog., S. 5)
wie polnisch $\acute{c}$, $\acute{s}$ und $\acute{z}$ gelautet haben. Nach Kalina (vgl. Rozprawy i Sprawozdania A. U. w Krak., VII., S. 285) wäre die
letztere Möglichkeit allerdings die wahrscheinlichere.[2] Wenn
man aber bedenkt, dass die Aussprache, auf die sich Kalina
stützt, nach seines Gewährsmannes eigenem Zeugniss sich nur
auf Brudzeń und dessen nächste Umgebung beschränkt, während

---

[1] Dialektisch ist die weiche Aussprache der Palatalen im Russischen, wie
bekannt, auch heute noch vorhanden.

[2] Ja Kalina scheint von der Richtigkeit seiner Ansicht so sehr überzeugt
zu sein, dass er in weiterer Entwicklung dieses Gedankens l. s. c. sogar
die Behauptung aufstellt, dass die Palatalen $\acute{c}$, $\acute{s}$, $\acute{z}$ (und wohl auch $\acute{d}$)
sich erst in historischer Zeit aus dem viel älteren und primitiveren $\acute{c}$,
$\acute{s}$, $\acute{z}$ (und $\acute{d}$, entwickelt haben. Allein ich glaube, dass der blosse
Hinweis auf das Altslovenische (ich mache namentlich auf das von
Miklosich, Vergleichende Grammatik, I.², S. 256—289 Gesagte auf-
merksam) genügt, um sowohl diese, als auch eine ähnliche von Małecki,
Gram. hist.-porów. języka pols., I., S. 113 f. verfochtene Behauptung als
sehr bedenklich, ja (vgl. Archiv für slavische Philologie, V., S. 139) als
vollkommen grundlos zu bezeichnen. Und dies umsomehr, als Vieles
(vgl. unter anderen die nächstfolgende Anmerkung) dafür spricht, dass
die mazurische Aussprache der Palatalen eine verhältnissmässig sehr
junge Erscheinung ist, und dass sie überhaupt erst in der allerneuesten
Zeit die territoriale Ausbreitung gewann, die sie gegenwärtig inne hat.

in den übrigen Theilen des Dobrzyńer Sprachgebietes entweder *c*, *s*, *z* oder *č*, *š*, *ž* gehört wird,[1] und dass ferner auch in den übrigen, seit jeher als streng mazurisch anerkannten Gebieten wohl *żaba*, *żrudbek* und *żmija*, nic aber *żeby*, *żelazo*, *żál*, geschweige denn *čapka*, *včorajsy*, *poćątek*, oder gar *raše*, *šidło*, *široki*, sondern stets *zeby*, *zelazo*, *zál*, *rapka*, *vcorajsy*, *pocątek*, *rase*, *sydło*, *syroki* u. s. w. gesprochen wird: so wird man der Wahrheit gewiss viel näher kommen, wenn man mit Ogonowski,[2] Nehring[3] u. A. der Anschauung zustimmt, dass die Palatalen *č*, *š*, *ž* (beziehungsweise *ď*), ähnlich wie in anderen slavischen Sprachen (Altslovenisch, Altčechisch, Altrussisch), so auch in der tonangebenden polnischen Mundart vor $e = [i]e$, $a = [i]a$, $o = [i]o = [i]e$, $ę = [i]ę$, $ǫ = [i]ǫ = [i]ę$, $u = [i]u$ noch um die Mitte des XV. Jahrhundertes wie *č*, *š*, *ž* (beziehungsweise *ď*) gelautet haben. In einer älteren Zeit wird man sie wohl auch sonst als weiche Laute empfunden haben.

Was von *č*, *š*, *ž* (beziehungsweise *ď*), gilt aber mit demselben Rechte auch von *ř*. Auch in Betreff dieses Lautes müssen wir als Regel annehmen, dass er in Fällen, in denen er in Handschriften mit einem $y = i$ begleitet erscheint, und eventuell auch in allen übrigen analogen Fällen, wie weich gesprochenes *ř* = *ř* gelautet hat. Hiefür spricht nicht nur die Analogie des Altčechischen (vgl. Sitzungsberichte der Wiener Akad. d. W., l. s. c.), sondern in gleicher Weise auch der Umstand, dass Angesichts der grossen Uebereinstimmung, mit der das weiche *r* von Allen, selbst von Mazuren, stets wie *ř* gesprochen wird,[1] eine Hinneigung zu *rž* absolut nicht denkbar

---

[1] Die betreffende Stelle lautet im Zbiór wiadomości do antropologii kraj., l. c., wie folgt: W mowie ludu [dobrzyńskiego] słyszy się gwara wielkopolska, t. j. książkowy język z pewnemi właściwościami . . . W ostatnich czasach w okolicach Rypina, Lipna i Złotoryi zauważyłem szérzenie się mazurowania, mianowicie wymawiają *cz* jak *c*. Przed kilkunastu laty, a zatém i dawniéj, nie było tego . . . Za Dobrzyniem, nad Wisłą, ku Skrwie mazurowanie panuje w caléj sile . . . *cz*, *sz*, *ż* wymawiają się jak *c*, *s*, *z*; ku Brudzeniowi jak *ć*, *ś*, *ź*: *czapka* – *ćapka*; *szydło* – *sydło* – *śidło*; *żaba* – *zaba* – *żaba* . . .

[2] Vgl. Archiv für slavische Philologie, IV., S. 251.

[3] Ebendaselbst, V., S. 140 und 149.

[4] In der Oppeln'schen Mundart soll es nach L. Malinowski (vgl. Beiträge zur slavischen Dialektologie, I., S. 34) scharf wie *rrrž̈* . . . klingen.

ist. Und dies wird wahrscheinlich wohl auch der Grund gewesen sein, warum Kalina, der in Bezug auf Schreibungen
wie: *fcziǫfzczye, bozye, roczefzye, czyapki, przezyegnanye* u. a.
sich auf den specifisch Brudzeŕner Standpunkt stellte, und sie durch:
sćęśrie, boże, Wocieśe, ćapki, przeżegnanie transcribirte, in Bezug
auf Schreibungen wie: *rzyecz, przyal fyn, przyodek, przyodkach,
naprzyod, starzyely ffye, rrzynnd* u. a. auch schon die Analogie
des Altčechischen gelten lässt und sie o. c., S. 283, durch:
řjecz, přjał się, přjodek, přjodkach, napřjod, stařjeli śię, uřjąd
(nach meiner Bezeichnungsweise: *řeč, přił śę, přodek, přodkáň,
napřôd, uřǫd*) umschreibt.

4. In etymo- und morphologischer Beziehung.

In etymo- und morphologischer Beziehung bieten die hier
vorliegenden Texte nichts, was uns nicht bereits aus anderen,
dem XV. Jahrhundert angehörigen polnischen Denkmälern bekannt und durch die einschlägigen Erörterungen eines Nehring,
L. Malinowski, Ogonowski, Kalina und Hanusz (ich verweise
auf des Letzteren sehr sorgfältig angelegten Ausweise über
die altpolnischen Casusformen, abgedruckt in den Sprawozdania
komisyi językowéj A. U., t. I. und II.) zur Genüge erklärt
worden wäre.

5. In syntaktischer Beziehung.

In syntaktischer Beziehung notire man speciell folgende
Wendungen:

a. In den Jura.

then bandze wynowath w glowye (in der Vulgata steht: cri-
minis reus erit), Exod., XXI, 20.

*ale bandze ly [sluga] zyw do drugego dnya albo trzeczego,
tedy nye pokupy, bo tho gesth gego pyenadze:* sin autem uno die
vel duobus supervixerint, non subiacebit poenae, quia pecunia
illius est, Exod., XXI, 21.

bandze ly rol boduczy z drrgyego albo trzeczyego dnya:
quod si bos cornupeta fuerit ab heri et nudius tertius, ibid., 29.

sboſznykow nye czyrp zypru bycz: maleficos non patieris vivere, Exod., XXII, 18.

goſzczye wy leſz byly w eypſzkyey zemy: advenae enim et ipsi fuistis in terra Aegypti, ibid., 21.

y bandą waſze zony wdowy, y waſze dzyeczi ſzyrothy: et erunt uxores vestrae viduae, et filii vestri pupilli, ibid., 24.

poſzyczyſch ly vbogyemv pyenyadzy, nye wykithaczyſz gych na nym: si pecuniam mutuam dederis populo meo pauperi, non urgebis eum, ibid., 25.

rſzkodzy ly kto komv w ſzbozv ſzwym dobythkyem albo w wyny, ſzwym ſzbozym, czo lepſzego ma na ſzwey roly, zaplaczy ſzgoda podlug ſzaczvnku: si laeserit quispiam agrum vel vineam . . . quidquid optimum habuerit in agro suo . . . pro damni aestimatione restituet, ibid., 5.

nyebaudze w them rynowcath: non erit reus cius rei, ibid., 2.

nye poydzeſz za thluſczu ſzle czynycz: non sequeris turbam ad faciendum malum, Exod., XXIII, 2.

any w ſządze wyarcſze ſtrony (acc. pl.) *przyzwolyſz:* nec in iudicio plurimorum acquiesces sententiae, ibid.

dam pokoy [w] waſzych ſtronach: dabo pacem in finibus vestris, Levit., 6.

a nykth waſz ſznſtraſzy: et non erit, qui vos exterreat (wörtlich: et nemo vos exterreat), ibid.

bandzyeczye byegacz, gdy waſz nykth bandze gonycz: fugietis, nemine vos persequente, ibid., 17.

yſz dzeſſzącz nyewyaſth bąda chleb ſwoy pyecz w gednem pyeczv: ita ut decem mulieres in uno clibano coquant panes, ibid., 26.

y wydaczą gy w wagę: et reddant eos (i. e. panes) 'ad pondus, ibid.

oſthatka bog wchowcay: a reliquo deus nos averruncet, Epilog, 1.

b. In den Praeambula.

alye chczemi ly doſtathczycz tego: si autem hoc contingere volumus (a).

mamy poproſzycz miloſzerny matky yego: rogaturi sumus misericordem matrem eius (ibid.).

c. In den sub II, 3, b herausgegebenen Gebeten.

kthoryſz they noczy okrvthnye byl zwyązan: qui hac nocte atrociter vinctus fuisti (β).

kthoryſz na ſząd godzyny ſzoſzthy byl provadzon: qui ad iudicium hora sexta ductus fuisti (č).

zmyluy ſzye nad drſzv moyą czuſzu vyſzczya yey ſz czyuln mego: miserere animae meae tempore discessus eius a corpore (ε, θ).

proſzą czye, aby ſzmyercz twoya bila by zywoth moy: rogo te, ut mors tua esset vita mea (ε).

a bądz my myloſzczyw grzeſznemu: miserere mei, qui peccatus sum (ε).

kthory z oyczem y z duchem ſzwyątym zywyeſz y krolyuyeſz bog na wyeky wyeczne, amen: qui cum patre et cum spiritu sancto vivis et regis deus in saecula saeculorum, amen (ζ).

6. In lexikalischer Beziehung.

In lexikalischer Beziehung verdienen nachstehende Worte Erwähnung:

a. In den Jura:

a č, etsi, quamvis: *a nye ma myecz moczy zaprzedacz yą ludzem obczym, acz mv ſzye nys luby,* Exod., XXI, 8.

bôg, deus: *ktho offyaruge bogom, procz gedneyo pana boga ſzamego,* Exod., XXII, 20.

bôg, sacerdos: *tedi tho pan oſzwyathczy bogom, ſlowye kaplanom,* Exod., XXI, 6; *bogom thwym, to yeſt kaplanom nye rwlaczay,* ibid., XXII, 28.

bôſć, ubôſć, zabôść, cornu percutere: *rbodze ly vol czlowyekq,* Exod., XXI, 28; *zabodze ly czygego ſzlugą,* ibid., 32 etc.

bodocy, cornupeta: *bandze ly vol bodaczy z drugyego albo trzeczyego dnya,* Exod., XXI, 29.

cokole, quodcunque: *tedy da, czokolye ſtarzy kazą,* Exod., XXI, 30; *du ly kto komv czokolye chowacz,* ibid., XXII, 7. Vgl. Sprawozdania komis. język., I., S. 126.

dobytek, iumentum: *kopa ly ktho ſtudnya . . ., wpadnye ly [do] wnątrza czyy vol albo oſzyel, pan tey ſtvdnyey zaplaczy then dobythek*, Exod., XXI, 34; *rfzkodzy ly kto komr w fzboze fzrcym dobythkyem*, ibid., XXII, 5.

dokonać, convincere aliquem rei: *gdy tego nayn dokonayą, ma fzmyerczą rmrzecz*, Exod., XXI, 16.

dwôr, na dwôr, foras: *wftanye ly, a z lufzką wynydzye na dwor*, Exod., XXI, 19.

gość, advena: *gofczyą nye rfznaczay, gofzczye wy tefz byly w eypfzkyey zemy*, Exod., XXII, 21. Vgl. Sprawozdania komis. język., I., S. 127.

jednać, conciliator, in der Vulg. arbiter: *tedy ten, co rderzyl, ma zaplaczycz, czfzo oney mafz (= mąż) pracy podlug wyrzeczenya gednaczar*, Exod., XXI, 22. In den Predigten des Dr. Paterek kommt auch die fem. Form: *gednaćka* vor. Vgl. Sprawozdania komis. język., I., S. 281.

kaki, qualis: *w kakyem odzyenyr przifzedl, w thakyem wynydze*, Exod., XXI, 3.

kućić, skućić, coitum habere, coire: *kto fzkrczy fz bydlem, fzmyerczą rmrze*, Exod., XXII, 19.

lub'ić śę, placere: *a nye ma myecz moczy zaprzedacz yą ludzem czudzym, acz mv fzye nye luby*.

lifa, usura: *any lyphy od nyego wyefzmy*, Exod., XXII, 25. Im Saroszpataker Codex gleichfalls *lypha*. Vgl. Ausg. Małecki's, S. 341.

obyćajńe, ex more: *alye wyedzal ly pan tego wolu, yfz obyczaynye bodl*, Exod., XXI, 36.

odřec, negare: *y odzenye y pyenadze za fromothę gey nye odrzecze*, Exod., XXI, 10.

odvlaćać, tardare: *dzyefzaczyna twogą y pyrworodne twoge nye odwlaczay offyarowacz*, Exod., XXII, 29.

orocny, pomis repletus: *y owoczne drzewa bandą, fzlowye napelnyona owoczem*, Levit., XXVI, 4.

ostatek, quod superest, reliquum: *ftharga ly ge zwyerz, ofztathek przymye pan, czyge gfesft*, Exod., XXII, 13; *ofztathka bog wchowray*, Epilog, 1.

pastra, custodia: *thako ma przyfzancz, komr poleczono w ftrozą, fzlowye w pafturą*, Exod., XXII, 11.

pątńik, peregrinus: *pąthnykowcy ne bandz czyafzek (= ćęzek)*, Exod., XXIII, 9.

pokupić, poenae, sentenciae subiacere, wörtlich: pro poena pecuniam dare: *ale bandze ly zyw* [scl. *slugi] do drugego dnya albo trzeczego, tedy nyepokupy, bo to gefth gego pyenadze*, Exod., XXI, 21; *tąfz wyną pokupy, zabodze ly zoną albo dzyewką*, ibid., 31.

prawić, expetere: *tedy ten, ro vderzyl, ma zaplaczycz, czfzo oney mafz prawy podlug wyrzeczenya gednaczow*, Exod., XXI, 22.

pręt, virga: *ktho zbyge flugą fwego albo dzyewka zwoyą prąthem*, Exod., XXI, 20.

puśćić, permittere: *pufzcza ly mv na okvpyenye fwey dufze, fzlowye zywota, tedy da, czokolye ftarzy kazą*, Exod., XXI, 30.

ręċe, velociter: *nawyedze wafz rącze nadzą y fzuchofczya*, Levit., XXVI, 16. Das Adv. *ręce* kommt auch in der Glossa super epistolas per annum dominicales, XXVII, 2, vor. Vgl. Sprawozdania komis. język., I., S. 135. In der Sprawa chędoga o męce pana Chrystusowej kommen übrigens auch die Formen *ręċ, [-y]* und *ręċość* vor. Vgl. Archiv für slavische Philologie, III., S. 57.

skoriśćić, aliquid in rem suam convertere: *tedy ten, czo mv dano chowacz, przyfzafze, yako nyefkorzyfzczyl thego*, Exod., XXII, 8.

słoċe, scilicet, id est: *tedi tho pan ofwryathczy bogom, fzlowye kaplanom*, Exod., XXI, 6; *ma go wolno pufczycz za tho fzlowye zkazenye oką*, ibid., 26; *pufzcza ly mv na okvpyenye fwey dufze, fzlowye zyvota*, ibid., 30.

stari [y], n. plur., principes, magistratus: *tedy da, czokolye ftarzy kazą*, Exod., XXI, 30.

strojić, struere: *bog nye chcze fzmyerczy grzefznego człowyeka, ale aby fzyą nawroczyl, a zywyacz, pokuthą ftrogyl*, Epilog. Vgl. Archiv für slavische Philologie, III., S. 60.

stróża, custodia: *poleczy ly ktho komv volv, ofzla, albo kthorekoly bydlo w ftrozą, a wmrze* etc., Exod., XXII, 10; *thako na przyfzancz, komv poleczono w ftrozą*, ibid., 11; vgl. Archiv für slavische Philologie, III., S. 60 und Sprawozdania komis. język., I., S. 290.

swaćba, nuptiae: *a wefzma ly fzynowy gyną zona, zrzadzy dzyewcze they fzwadzbą*, Exod., XXI, 10.

śarunek, aestimatio: *rſzkodzy ly kto komv w ſzboze* etc., *zaplaczy ſzyoda podlug ſzaczonku*, Exod., XXII, 5.

takeż, quoque: *y vczynyſz takyeſz z wolmy y z owczamy*, Exod., XXII, 30. Vgl. Sprawozdania komis. język., I., S. 291.

uwłaćać, detrahere: *bogom thwym, to geſt kaplanom nye owlaczny*, Exod., XXII, 28.

użitnoſć, saturitas: *a nagecze ſzą chleba waſzego w vzythnoſczy*, Levit., XXVI, 5.

vina, poena: *tąſz wyną pokupy, zabodzye ly zoną albo dzyewcką*, Exod., XXI, 31.

vłomić śę, se infringere: *wlomy ly ſzye albo podkopa zlodzyey w czyy dom*, Exod., XXII, 2.

vykitaćić, urgere: *poſzyczyſch ly vbogyemv . . . pyenyadzy, nye wykitaczyſz gych na nym*, Exod., XXII, 25.

zaśtopić, insidias facere: *[aczbi] ktho chczącz zaſtapyl blyſz[ny]emv ſzwemv [y] zabyye gy*, Exod., XXI, 14.

zaveść, seducere: *zavyodl ly ktho dzyewcką, nyſzly yą poyal ſzlowye w ſtądlo*, Exod., XXII, 16.

zboſńik, maleficus: *ſzboſznykow nye czyrp zywu bycz*, Exod., XXII, 18. Wujek vertritt dieses Wort durch: czarowńik.

złoſńik, impius, malevolens: *any zlaczyſz raką ſwą, abyſz rzekl za zloſznykyem falſzywe ſwyadeczſtwo*, Exod., XXIII, 1.

b. In den Praeambula:

doſtatćić, contingere, assequi: *alye chczemi ly doſtathczycz tego, mamy poproſzycz myloſzerney mathky yego* (a).

pospoliéc, semper, quotidie: *racz bycz poſpolycze ſze wſzythkymi namy* (b).

ubáćić, conspicere, aspicere: *abyſzmi mogli vbaczycz wyelebnoſcz y doſtoynoſcz ſwantha tego* (a).

urozumeńe, revelatio: *wedla thych ſłow vroſchumyenya ma bycz pochwalona dzewycza Maria* (d).

závada, impedimentum: *aby raczil ſzeflacz dzyſz dar ducha ſwantego przeſ zawadą dyabla przeklanthego* (a).

c. In den sub II, 3, b herausgegebenen Gebeten:

ajete, acc. plur., ist mir unklar; *o panye lezu Kryſzczye, chwale czye do pyekla ſztąprygączego, ayethe vybawyayączego, proſzą czye* etc. (ε).

b'iedi, mortifer: *profzą czye, aby krzyz twoy rybaryl mye od angyola byvczego* (ε).

domeśćić, collocare, recipere: *raczy drfzą moyą rybarycz, a do chwali twoyey domyefzczycz* (β und η).

gabać, vexare, acerbis facetiis irridere: *byczym y layangm gabacz* (ζ).

plvoćina, saliva, sputum: *plwoczynamy rplwacz* (ζ). Vgl. auch in anderen altpolnischen Denkmälern.

pośik, pośiki, lora: *pofzyki bycz* (ζ).

pośikovać, loris caedere, verberare: *ktoryfz dla odkrpyenya fzvyatha dal fzye okrvthnye byczowacz . . . pofzykowacz* (ι).

ućarovać śę, cavere: *profze czye, racz my dacz mądrofzczy fzwyeczkye, kthore fzą przed thobą, za glrpofzcz, [y grzechu] roftropnye vvyarowacz [fzye]* (γ). Vgl. in Betreff dieses Wortes unter anderen auch die von Swiętosław aus Wojcieszyn bewerkstelligte Uebersetzung des Wiślicer Statutes nach der homographischen Ausgabe der Korniker Bibliothek, S. 25, sowie die Predigten des Dr. Paterek, Sprawozdania komis. język., I., S. 270. In der Sprawa chędoga o męce pana Chrystusowéj kommt dieses Wort auch in der durativen Form mit der Nebenbedeutung: timere vor. Vgl. Archiv für slavische Philologie, III., S. 62.

vydávca, proditor: *od Judafza vydawcze poczalowanym vydacz* (ζ).

vypraćać śę, se excusare, defendere: *kthoryfz przed Herodem falfzywce fzvyadecztwa fzlifzal, a zadnymefz fzye fzlovem nye vypravyal* (γ).

d. In dem sub II, 3, c, β herausgegebenen Gebete.

zapamętać, oblivisci: *abifz dla męki i fzmyerczi gorzki fina twoyego raczil zapamiętacz przewinyenya nafzego*. Vgl. Archiv für slavische Philologie, III., S. 64.